앙
상
블

앙상블

은모든
정명섭
정 은
탁경은
하유지

블랙홀

차례

리블리 오혁

+

틱경은

탁경은

서울에서 태어나 대학에서 국문학을 전공했다. 『싸이퍼』로 제14회 사계절문학상을 받으며 등단했다. 글쓰기를 더 즐기고 싶고, 글쓰기를 통해 더 괜찮은 인간이 되고 싶다. 지은 책으로는 『사랑에 빠질 때 나누는 말들』, 함께 지은 책으로는 『소녀를 위한 페미니즘』 등이 있다.

심오혁.

그 애는 완벽하다. 일단 외모적으로 흠 잡을 데가 없다. 아직 한창 성장 중인데 키가 벌써 180센티미터이고 얼굴도 말끔하다. 체육 시간마다 돋보이는 근육은 날 숨 막히게 한다. 낮게 깔리는 저음 보이스는 또 어떻고. 무엇보다도 심오혁의 완벽 외모를 완성하는 것은 눈빛이다. 상대방을 오롯이 담아내는 검은 눈동자와 일렁이는 영롱한 눈빛.

아ㆍ름ㆍ답ㆍ다.

진심으로 이 단어 말고 다른 단어는 생각도 나지 않는다.

심오혁은 뇌도 섹시하다. 반에서 1등은 기본이고 전교 10위권 안에서 논다. 리더십도 빠지지 않는다. 학급 회장으로서 갖춰야 할 모든 것이 그 애한테 있다. 말발과 논리력, 솔선수범하는 실천력까지. 게다가 모범생에 대한 선입견을 훌쩍 뛰어넘는 활달한 성격까지 갖췄다. 그래서 친구도 많고 남학생들 사이에서도 평판이 나쁘지 않다.

반 아이들은 세 부류로 나뉘었다. 첫째, 아이돌 그룹을 좋아하는 파. 둘째, 갓 부임한 젊은 선생님들을 좋아하는 파. 셋째, 학교 인싸 심오혁을 좋아하는 파.

아이돌 그룹? 멋지다. 인정한다. 노래 좋지. 춤 잘 추지. 얼굴 귀엽지. 그런데 큰 문제가 있다. 시간 낭비가 심하고 돈도 지나치게 많이 든다. 뭣보다 아이돌 그룹 멤버들은 너무 멀리 있다. 젊고 풋풋한 계약직 선생님들? 역시 멋지다. 아이들을 사랑하는 마음이 넘쳐나고 자상하기까지 하다. 하지만 선생님을 향한 짝사랑이 얼마나 금방 끝나는지 우리는 잘 알고 있다. 난 선생이고, 넌 제자야. 이런 버전까지는 아니더라도 하여튼 장기적으로 가기에는 무리가 따른다.

완전하고도 매력적인, 우리의 소년 심오혁은 다르다. 일단 오혁은 우리와 동갑이다. 같은 공간에서 밥을 먹고 같은 시대를 살며 같은 고민을 품은 채 살고 있다. 게다가 그 애는 늘 우리 가까이에 있다. 용기가 조금만 있다면 말도 섞을 수 있고 잘하면 그 애의 집 주소도 알아낼 수 있다. 확률이 높진 않지만 운과 타이밍이 도와준다면 언제든, 누구든, 그 애의 여자 친구가 될 수 있다. 이보다 더 흥분되는 사실이 또 있을까.

오늘 점심시간에 심오혁이 내게 말을 걸었을 때 심장이 쿵쾅거려 진땀을 흘렸다.

제발 심장아, 나대지 말고 주인 말 좀 듣자.

아무리 말해도 심장은 제멋대로 뛰었다. 두방망이질 치는 심장 소리가 오혁한테 들릴까 봐 얼마나 노심초사했는지 모른다.

급식을 먹고 교실로 돌아와 자리에 앉았다. 어디선가 향긋하고 달콤한 냄새가 났다.

뭐지? 누가 사탕을 먹나?

고개를 빼고 두리번거리는데 심오혁이 내 자리로 성큼성큼 걸어오는 게 보였다.

"저기, 너 봉사 동아리 맞지?"

오혁이 나긋하게 물었다.

"응. 맞아."

"공지 봤어? 이번 주말에 연탄 배달 봉사 가기로 했는데."

"아직."

"올 수 있어? 참석 인원을 알아야 해서."

심오혁이 눈빛을 반짝이며 말했다. 대답하는 것도 잊고 나는 그 애의 속눈썹을 지그시 들여다봤다.

어떻게 사람 속눈썹이 이렇게 길고 아름다울 수 있을까.

그렇게 감탄하고 있는데 그 애의 눈동자와 딱 마주쳤다. 사람의 속마음까지 꿰뚫을 것만 같은 눈빛에 가슴이 또 떨려왔다.

"그럼. 꼭 갈게."

떨림을 숨기려고 부단히 애쓰며 대답했다.

"오케이. 주말에 보자."

심오혁이 자기 자리로 돌아가다가 발길을 돌려 다가왔다.

뭐지? 왜 다시 오는 거지?

펄떡이는 심장이 고스란히 느껴졌다.

"그날 많이 춥대. 옷 따뜻하게 입고 와."

"알았어."

그 말을 끝으로 심오혁은 자기 자리로 돌아갔다. 그와 함께 향긋한 냄새도 금방 사라졌다.

무슨 냄새일까? 샴푸 냄새일까? 아니면 바디크림 냄새?

달달한 냄새가 후각을 채우며 정신이 잠깐 아득해졌던 순간, 호수처럼 맑고 또렷한 검은 눈동자가 내 눈을 응시한 순간, 묵직하고 낮은 목소리가 "저기"라고 나를 부른 순간, 한없이 따뜻한 목소리로 읊조린 "따뜻하게 입고 와"를 들은 순간, 나는 속으로 외쳤다.

이건 운명이야. 나는 심오혁을 좋아하고 있어. 아니, 사랑해. 누군가를 사랑하는 일이 이렇게 가슴 벅찬 일이라니.

나는 사랑에 빠진 스스로에게 놀랐고 내 권한을 벗어난 내 심장이 낯설게 느껴졌다.

그날 집으로 돌아와 비밀 카페를 만들었다. 이름하여 '러블리 오혁'. 그 애를 위한 비밀 팬클럽이었다. 카페 주인은 나였고 멤버는 조촐하게 여섯 명이었다. 나와 늘 붙어다니는 송이와 채연도 당연히 가입 신청을 했다. 원래 팬심은 전염성이 강하다. 내가 학년 초부터 심오혁에게 은밀하게 관심 갖는 걸 옆에서 지켜본 송이와 채연도 자연스레 심오혁을 몇 번 더 쳐다보게 되었고 차츰 팬심을 키워 나갔다.

팬클럽은 철저히 베일에 싸여 있어야 했다. 우리는 모두 실명이 아닌 아이디로 카페 활동을 했고, 심오혁이 자신을 위한 팬클럽이 있다는 사실을 모르길 바랐다. 그리고 언제든 아이돌 덕질을 시작하거나 현실 남자 친구가 생길 수 있었기에 쉽게 발뺄 수 있는 느슨하고 자유로운 공간을 원했다. 우리는 심오혁에게 직접 선물을 준다거나 러브레터를 보내는 촌스러운 짓 따위도 하지 않았다. 어쨌든 우리는 표면적으로나마 그 애와 대등한 반 친구이기를 바랐다. 우리는 심오혁에 대한 정보를 공유하고 심오혁의 시시콜콜한 일상을 기록했다.

정말 심심해서 가입한 아이도 있겠지만 나는 나름 진지했다. 심오혁을 더 알고 싶었다. 몇 번 남지 않은 봉사 동아리 활동을 통해 오혁과 더 친해지고 싶었다. 그 애한테 나를 알리고 싶었다.

체육 시간. 초겨울답게 제법 쌀쌀한 바람이 불었지만 농구공을 튕기며 드리블 연습을 하는 동안 목덜미에 땀이 송골송골 맺혔다. 선생님이 호각을 휙 불었다. 체육 시간이 끝났는데도 남학생 몇 명은 몸싸움을 하며 농구 경기를 이어갔다. 채연과 나는 수돗가에서 세수를 한 뒤 나란히 스탠드에 앉아 땀을 식혔다. 우리는 둘 다 입을 벌린 채 심오혁을 바라봤다.

"오혁이가 골 넣을 듯."

내 말이 끝나자마자 오혁은 여유로운 동작으로 드리블을 하더니 가볍게 점프해 3점 슛을 넣었다. 채연의 입에서 우렁찬 환호 소리가 터져 나왔다.

"오혁이가 잘해도 이기진 못할 듯."

확신 어린 내 목소리에 채연이 토를 달았다.

"너 그러지 좀 마. 완전 소름 돋고 무섭단 말이야."

채연이 뾰로통한 얼굴로 말했다. 어렸을 때는 몰랐는데 최근 들어 직감이 자꾸 발동했다. 중학생 때부터 친구였던 송이의 추측에 따르면 들입다 책만 판 습성 때문에 내 직감이 발달했단

다. 그 추측이 맞는지 틀린지는 알 수 없었지만 내가 책을 통해 이 세계를, 사람을, 또한 나 자신을 깨우치고 알아가는 건 사실이었다. 나는 책이라면 종류를 가리지 않는데 특히 외국 소설을 좋아한다. 내 꿈은 번역가이다.

내 직감대로 일이 풀리면 신기해하고 좋아하는 송이와 달리 채연은 화장을 짙게 한 무당을 바라보듯 날 낯설어 한다.

오혁의 팀이 지면 어떤가. 오혁의 움직임 하나하나가 그림이고 예술 그 자체인데. 우리는 그저 순진무구하게 그 애를 바라보는 데 집중했다. 긴 체구를 앞세워 슛을 성공시킨 뒤 수비를 하기 위해 힘차게 발돋움하는 오혁의 동작 하나하나에 우리는 촉각을 곤두세울 수밖에 없었다.

농구 경기가 끝나고 채연과 일어나려는데 유혜미가 우리 쪽으로 다가왔다.

"너, 심오혁 팬클럽 만들었다며?"

가장 핫한 아이돌만 좋아하는 덕질녀 유혜미가 우리 옆에 자연스럽게 앉으며 말했다.

옆 반인 유혜미가 팬클럽 만든 걸 어떻게 알았지? 그것도 이렇게 빨리?

나는 유혜미를 잠깐 쏘아보며 대꾸했다.

"그게 왜?"

유혜미와 나는 같은 중학교에 다녔지만 별로 친하지 않았다. 아이돌을 심하게 좋아해 밥 먹는 시간을 제외한 모든 시간을 아이돌에게 바치는 유혜미의 극성맞음이 좀 부담스러웠다. 아이돌 덕질의 여왕은 자기 혼자 아이돌을 좋아하는 걸로 만족하지 못했다. 주변 여학생 모두를 아이돌 덕후로 만들어야 직성이 풀릴 것처럼 행동했다. 그게 나는 내심 못마땅했다. 자기 취향이 중요하면 남의 취향도 존중해 줘야 하는 거 아닌가.

"그 팬클럽, 오래 못 간다."

유혜미가 묵직하게 선언하듯 말했다.

"네가 무슨 상관이야?"

채연이 나 대신 차갑게 쏘아붙였다.

"니들 심오혁이 어떤 인간인지 모르는구나?"

"잘 모르는데 이건 알지. 심오혁이 네가 떠받드는 아이돌보단 백 배 잘났다는 거."

내 말에 유혜미의 얼굴이 잠깐 울긋불긋 달아오르더니 금방 원래 안색을 되찾았다. 유혜미는 사람 기분 나쁘게 피식 한 번 웃고는 천천히 일어서며 말했다.

"그 팬클럽에 눈치 빠른 사람이 한 명쯤 있기를. 뭐든 궁금한 게 생기면 찾아와. 언제든 말이지."

그 말을 남기고 유혜미는 유유히 사라졌다. 교보재 창고에 농구공을 갖다 놓으러 갔던 송이가 조금 떨어진 자리에서 숨을 죽이고 대화를 엿듣고 있다가 우리 곁으로 달려왔다.

"쟤 왜 저러니?"

채연이 물었다.

"글쎄다. 요새 보이즈한테 뭔 일 있나?"

송이가 대답했다. 보이즈는 유혜미가 좋아하는 아이돌 그룹이었다.

"근데 우리 팬클럽 만든 걸 쟤가 어떻게 알까?"

내 물음에 채연이 바로 발끈했다.

"난 절대 아냐. 맹세."

채연이 손을 내젓더니 입술을 지퍼처럼 잠그는 시늉을 했다. 그 모습에 송이와 나는 빵 터져 웃음을 터트렸다.

"입이 싼 애가 한 명 있는 거겠지."

웃음 끝에 송이가 건조한 목소리로 말했다.

나는 유혜미가 사라진 자리를 잠깐 쳐다보았다. 유혜미가 남긴 말들이 머릿속을 어지럽게 떠다녔다.

쟤는 자기 반도 아닌 일에 왜 오지랖일까? 만에 하나 유혜미 말대로 심오혁에게 결점이 있는 게 사실이라면 쟤는 그걸 또 어떻게 알고 있는 걸까? 유혜미와 심오혁이 중학교 때 심각한 사이였다는 소리인가?

나는 둥둥 떠다니는 생각들을 떨치려고 머리를 흔들어댔다.

분주히 체육복을 교복으로 갈아입는데 아이들 사이에서 탄성이 새어 나왔다. 한 아이가 "없어"라고 외쳤고 그 옆에 있던 다른 아이도 "나도 없어"라고 말했다. 도난 사건이었다. 세 명의 아이가 교통카드를 잃어버렸다. 아이들이 담임선생님을 불렀다.

범인에게 자수할 기회를 줄 것인가, 아니면 소지품 검사를 할 것인가. 학생들의 사생활을 침해하면서까지 소지품을 검사했는데 범인의 꼬리를 잡지 못한다면? 도둑이 다른 반 아이라면? 이미 도둑이 교통카드를 다른 반 친구에게 빼돌린 거라면?

"회장, 학급 회의 진행해."

담임의 말을 신호로 긴급 학급 회의가 시작되었다. 우리의 회장 심오혁이 교단에 서서 능숙하게 회의를 진행했다. 아이들의 의견이 두 개로 갈려 첨예하게 대립했다. 우리 반 안에 범인이 있는 게 분명하므로 소지품 검사를 해서라도 지금 당장 범인을 찾아야 한다는 의견과 범인이 멍청이가 아닌 이상 이미 증거를 빼돌렸을 것이고 범인이 다른 반 아이일 확률도 있으니 신중해야 한다는 의견이 팽팽하게 맞섰다.

그런데 오늘따라 심오혁의 행동이 묘했다. 지금 당장 소지품 검사를 해야 한다고 강하게 주장하는 아이가 발언을 할 때마다 교묘하게 말을 돌리거나 끼어들었다. 티가 날 정도는 아니었지만 발언 기회 자체도 신중해야 한다는 쪽 아이들에게 더 돌아가는 듯했다. 심오혁의 얼굴과 목소리가 평소와 같아서일까. 아이들 중 누구도 회장의 중립성과 리더십에 대해 의심하지 않는 듯했다.

결론은 쉽게 나지 않았고 때마침 휴전을 선언하듯 수업 종료 벨이 울렸다. 심오혁과 아이들 분위기를 찬찬히 살피면서 나는 연습장에 이렇게 썼다.

— 설마, 아닐 거야. 내가 지나치게 예민한 거다.

봉사 동아리 활동이 있는 주말이었다. 오혁을 만날 생각에 가슴이 벌써부터 두근거렸다. 연탄 배달 봉사를 하고 나면 옷도 얼굴도 새까맣게 변하겠지만 그래도 나는 공들여 치장했다. 메이크업 베이스 위에 비비크림을 세심하게 펴 바른 뒤 아이라이너와 틴트도 빠트리지 않았다. 그렇게 40분 넘게 화장을 하고 마음에 드는 옷을 입고 나서야 집을 나섰다.

연탄을 가득 실은 리어카를 아이들과 끌면서 언덕길을 올랐다. 아이들 입에서 거친 욕설이 터져 나왔다. 내 속에 차오른 생각은 하나였다.

아, 오늘 죽었구나.

그래도 부지런히 연탄을 날랐다. 우리 얼굴은 검게 그을린 숯 검정으로 변했지만 할머니, 할아버지는 창고에 가득 채워지는 연탄을 바라보며 행복한 미소를 지으셨다. 그걸 본 순간 기분이 좋아졌다.

나는 일하는 틈틈이 오혁을 힐끔거렸다. 오혁은 동아리 부장답게 잠시도 쉬지 않고 부지런히 움직였다.

아, 너는 얼굴에 연탄 가루가 묻어도 잘생겼구나.

그렇게 감탄하고 얼마 지나지 않아 불행히도 오혁의 얼굴을 더는 감상할 수 없게 되었다. 연탄 먼지 때문인지 오혁이 검정 마스크를 쓴 것이다. 그 애는 얼굴이 하도 작아 대부분의 얼굴이 마스크로 가려졌다. 나도 모르게 휴, 하고 긴 한숨을 내쉬었더니 송이가 "많이 힘들어?"라고 물었다. 나는 괜찮다고 말하면서 연탄을 하나 더 올려 달라고 했다.

곧 쉬는 시간이 올 거야.

그 생각으로 버텼다. 허리가 끊어질 듯 아파왔다. 티를 내지 않으려고 어금니를 다부지게 물었다.

연탄을 창고 안에 차곡차곡 쌓고 나오는데 마스크를 쓴 오혁이 한 아름 연탄을 들고 들어오는 게 보였다. 반가운 마음에 연탄 몇 개를 들어 주려고 다가가는데 그걸 보고야 말았다. 잔뜩 일그러진 오혁의 미간과 짜증이 가득 찬 오혁의 눈빛을. 그리고 오혁의 입이 움직이면서 마스크가 들썩거렸다. 분명 마스크를 쓰고 있었는데, 그 애는 입으로 아무 소리도 내지 않았는데 나는 오혁이 어떤 말을 내뱉었는지 듣고야 말았다.

'아, 씨발.'

나는 멈칫했고 오혁은 찌푸린 미간을 풀 생각조차 하지 않은 채 내 곁을 스쳐 지나갔다. 나는 그곳을 허둥지둥 나왔다. 하얗게 질린 내 얼굴을 보고 송이가 다가왔다. 송이가 눈빛으로 무슨 일이냐고 물었다.

"허리를 삐끗했나 봐. 잠깐 쉬고 올게."

송이와 옆에 있던 아이들이 걱정하는 눈빛으로 쉬었다 오라고 말했다.

무작정 언덕을 내려갔다. 얼마쯤 내려갔을까. 정신을 차리고 보니 나는 골목 어귀 끝의 공터에 멀뚱히 서 있었다. 공터 주변에는 폐가 몇 채가 덩그러니 남아 을씨년스러웠다. 공터에 굴러다니는 벽돌 하나를 깔고 앉았다. 오래전 주인을 잃은 집 벽에 등을 기대면서 눈을 감았다.

내가 잘못 본 거야.

그 말을 속으로 수백 번 반복하는 동안 몸이 오들오들 떨렸다. 땀이 마르면서 체온이 급격히 떨어진 듯했다.

다들 고생하고 있을 텐데 나만 쉬고 있네.

그만 자리에서 일어나려는데 인기척이 느껴졌다. 죄를 지은 것도 아닌데 점점 가까워지는 말소리에 몸이 움츠러들었다. 나는 동그랗게 몸을 감싸 안았다. 폐가 안쪽으로 들어가는 듯한 발소리가 들렸다.

누구지? 동아리 아이들인가?

뚫린 창문으로 말소리가 들리기 시작했다.

"마스크는 또 뭐냐?"

동아리 차장의 목소리였다.

"노인네들 냄새 역겨워서."

오혁의 목소리였다.

"냄새 쩔긴 하지. 마스크 끼면 덜하냐?"

"덜하지. 생기부 빼곡히 채우려고 이게 뭔 짓인지. 하튼 내년에는 봉사 동아리 절대 안 할 거다."

"나도."

깨진 창문으로 담배 연기가 솔솔 새어 나왔다.

"야, 너 물건 좀 그만 훔쳐."

오혁이 차갑게 말했다.

"그게, 잘 안 된다."

차장이 잠시 쉬다가 덧붙였다.

"스릴 넘치걸랑. 뭘 훔치면 살아있다는 실감이 나."

"하여튼 우리 반 거는 건드리지 말라고. 내가 커버치는 것도 한계가 있으니까."

"그래서 내가 너랑 뽐빠이 하잖냐."

누군가 가래를 캬악, 하고 뱉는 소리가 이어졌다.

"저 할머니들, 대체 왜 사는 걸까? 돈도 없고 자식들도 안 찾아오고. 자살하는 게 낫지 않나?"

그랬다. 그건 내가 사랑해 마지않은 오혁의 목소리였다. 한없이 묵직하고 낮아서, 더없이 나긋나긋하고 부드러워서 세상에서 가장 멋지다고 생각한 그 애의 목소리가 내게 달려들어 심장을 사정없이 파냈다. 현기증이 일었다. 정신이 점점 아득해져만 갔다. 땅이 솟구치고 하늘이 꺼지는 기분에 나는 숨조차 제대로 쉴 수 없었다.

우리 학교의 큰 자랑거리인 봉사 동아리 부장과 차장은 낄낄거리며 시시껄렁한 이야기를 계속 주고받았다.

심오혁. 제발 입 다물어. 네 눈빛이 진심으로 아름답다고 생각했어. 네가 보여준 가짜 리더십에 진짜 감탄을 한 어리석은 인간이 지금 네 말을 듣고 있다고. 그러니까 부탁이야. 제발 그 입 좀 다물어.

우리는 버거킹에서 모였다. 나는 떨리는 목소리로 내가 보고 들은 것들을 이야기했다. 송이와 채연의 얼굴은 눈앞에서 벼락 맞은 사람을 본 것 같았다. 채연이 그 어리벙벙한 표정을 풀더니 입을 열었다.

"진짜 오혁이 맞아? 얼굴은 못 본 거잖아. 목소리만 들은 거잖아."

채연이 뾰족한 말투로 쏘아붙였다.

"채연아, 내가 오혁이 목소리를 모르겠어? 내가 오혁이 매력 중에 가장 좋아한 게 뭔데."

"세린이 너 봉사하느라 힘들었잖아. 허리도 아팠다며. 그럼 헷갈릴 수 있어. 네가 잘못 들은 거야."

채연이 어깨를 으쓱하더니 차갑게 식은 감자튀김을 입에 욱여넣었다. 그러다가 채연이 주먹으로 가슴을 몇 번 두드리자 송이는 말없이 채연에게 콜라를 내밀었다. 채연은 콜라를 마시다가 사레가 들려 캑캑거렸다. 채연의 눈에 눈물이 맺혔다. 나는 채연에게 휴지를 건넸다.

"팬클럽 없애려고."

내가 단호하게 말했고 채연이 목소리를 높였다.

"누구 마음대로?"

"채연아."

송이가 어르는 말투로 채연을 불렀다. 그건 채연이 가장 싫어

하는 우리의 행동 중 하나였다.

"네가 잘못 본 거야. 너 원래 그러잖아. 누구 좋아하기 시작하면 그 사람 단점부터 눈에 불을 켜고 찾잖아. 일부러 정 떼려는 사람처럼. 안 그래?"

채연이 씩씩대며 말했다. 나는 아무 대꾸도 하지 않았다. 채연의 말이 다 사실이었으니까. 채연이 거기까지만 말했더라면 얼마나 좋았을까.

"송이가 그러더라. 너 작년에 송이가 좋아하는 남자에 대해서도 그랬다고. 느낌이 딱 온다는 둥, 내 직감이 맞다는 둥 그러면서 그 남자애 단점을 신기 내린 무당처럼 찾아냈다며. 그중에 틀린 것도 있었다며."

송이가 그 얘기까지 채연이한테 할 줄 몰랐다. 내가 무심코 던진 말들로 그때 송이도 상처 받았던 걸까?

실은 별로 끼어들고 싶지 않았다. 그런데 송이가 학원에서 만나 좋아하게 된 그 애를 굳이 보여 줬고 그 애를 보자마자 나는 또 무언가를 느껴 버렸다. 그 애의 얼굴에는 나는 바람둥이고 여자를 재미로 만나는 놈이라고 쓰여 있었다. 그걸 송이한테 솔직하게 말하면서 판단은 네 몫이라고 못 박았다. 알고 보니 그 애는 동네에서 유명한 바람둥이이긴 했지만, 나의 두 번째 직감과 달리 여자를 진심으로 사랑하는 바람둥이였다.

"앞으로 남자 사귀기 전에 무조건 너한테 데리고 와야겠다."

송이는 그렇게 말하면서 금방 그 애를 잊었고 나는 내심 잘한 일이라고 생각했다. 그런데 과연 그게 잘한 일이었을까? 내 직감이 뭐라고 송이가 좋아하는 남자애를 그딴 식으로 단정 지었을까. 잘 알지도 못하면서.

뭐? 신 내린 무당처럼 직감이 뛰어나?

심오혁이 어떤 아이인지, 심오혁의 실체가 뭔지 개뿔 아무것도 몰랐으면서. 심오혁이 그 달콤한 목소리로 그런 말을 할 줄 꿈도 꿔 본 적 없으면서.

채연이 먼저 자리에서 일어났다. 송이는 당분간 상황을 더 지켜보고 결정하자는 말로 나를 달랬다. 송이와 헤어져 집으로 걸어오는 내내 유혜미가 던지고 간 말들이 둥둥 나를 따라왔다.

"니들 심오혁이 어떤 인간인지 모르는구나?"

"뭐든 궁금한 게 생기면 찾아와. 언제든 말이지."

궁금했다. 유혜미는 심오혁의 실체를 어떻게 알았는지, 유혜미가 알고 있는 심오혁의 실체와 내가 알고 있는 사실이 일치하는지. 심오혁이 어떤 아이인지 알아버렸는데 이제 뭘 어떻게 해야 하는지.

밤을 꼴딱 새며 고민했다.

연락을 할까 말까.

마침 일요일이었고 나는 오전에 잠깐 눈을 붙였다. 몇 시간 자고 일어나 다시 고민했다. 폰 주소록을 검색했더니 유혜미 번호가 있었다. 어째서 그 애 번호가 저장되어 있는지 기억이 가물가물했다. 점심을 먹는 둥 마는 둥 하고 침대에 다시 누웠다. 손에 들린 폰을 노려보며 아랫입술을 질끈 깨물었다. 카톡 창을 열고 아주 천천히 자판을 손가락으로 터치했다.

— 오늘 바쁘니?

"눈치 빠른 사람이 너일 줄 알았어."

고개를 들어 올렸다. 유혜미가 나를 내려다보고 있었다. 그 애가 내 옆에 앉았다. 유혜미네 아파트 놀이터의 벤치 중 하나였고 그 애와 나 사이에는 꽤 널찍한 간격이 있었다. 차츰 어스름이 찾아왔다. 놀이터에서 신나게 놀던 아이들이 하나둘 사라졌다.

"심오혁이랑 같은 중학교를 다녔어. 걔는 그때도 키가 저렇게 컸어. 공부 잘해, 목소리 달달해. 그때도 인기가 엄청났지."

유혜미는 먼 곳을 바라보며 계속 말을 이어나갔다.

"심오혁을 좋아하는 애들은 많았지만 나만큼 극성맞은 애는 없었어. 애들을 조직적으로 모으고 돈을 걸고 비싼 선물을 줬어. 어떤 애들은 심오혁이 무슨 아이돌이냐고 대놓고 비난했지만 행복했어. 심오혁은 정말 스윗했거든. 특히 나한테."

나는 무릎을 올려 세웠다. 뺨을 무릎에 갖다 대고 가만히 유혜미의 목소리를 들었다.

"평소 갖고 싶어 한 건 많았는데 집에서 잘 사 주지는 않았나 봐. 선물 준 다음 날 내가 메시지를 보내면 얼마나 상냥하게 문자 메시지를 보내는지. 꿈꾸는 것 같더라. 그러다가 문제가 터졌지. 심오혁이 친구한테 보내는 메시지를 나한테 잘못 보냈거든."

"어떤 내용일지 감이 온다."

"살면서 그렇게 모욕적인 말을 들은 건 처음이었어. 골빈 년이 자꾸 연락 와서 귀찮아 죽겠다. 어쩌겠냐. 이미지 관리 해야지."

이상한 일이었다. 어제까지만 해도 나올 생각이 없던 눈물이 돌연 쏟아졌다. 유혜미가 메시지를 읽는 순간 느꼈을 아픔과 황당함이 고스란히 느껴졌다. 지구 전체가 흔들리는 것 같았다. 땅바닥에 발을 대고 있는데도 온몸이 자꾸 흔들거리는 느낌. 발을 딛고 서 있는 땅이 금방이라도 푹 꺼질 것 같은 아찔함.

나는 심오혁을 진심으로 좋아했다. 심오혁이 가진 조건 때문만은 아니었다. 그 애가 신비롭고 검은 눈동자로 지그시 상대방을 쳐다보는 게 좋았고, 부드러운 목소리로 상대방을 설득시키는 게 좋았다. 자기소개 시간에 여자 친구를 사귀어 본 적이 없다고 말하며 수줍어하는 그 표정도 좋았다. 그런데 그 모든 것들이 가짜였다니. 남들보다 직감이 좋다면서 심오혁의 진짜 얼굴이 무엇인지 짐작조차 못 했다니.

"그 뒤로 우리 또래 애들은 좋아하지 못하겠더라. 그래서 아이돌로 갈아탄 건데 이제 이 짓도 그만해야 할 것 같네."

"왜?"

"보이즈, 해체될 수도 있어. 오빠가 마약을 했대."

어제 하루 종일 검색어 순위에 보이즈 멤버 이름이 상위권을 차지하고 있는 걸 봤지만 심오혁한테 받은 충격이 워낙 커 클릭조차 해 보지 않았다.

그런 일이 있었구나.

나는 고개를 옆으로 돌려 유혜미의 얼굴을 쳐다봤다. 그 애의 얼굴은 방금 엄마 손을 놓쳐 길을 잃어버린 아이 같았다.

지금 내 얼굴을 볼 수 있다면 내 표정도 저렇게 보이려나.

놀이터 가장자리에 서 있는 나무가 눈에 들어왔다. 꽃잎이 다 떨어진 나무에 어둠이 내려앉았다. 차츰 밤공기가 차가워졌다. 우리는 우리 사이를 채우고 있는 침묵을 선뜻 깨트리지 못한 채 가만히 찬 공기를 들이쉬었다.

"가만히 있을 거니?"

침묵을 먼저 가른 사람은 유혜미였다.

"무슨 말이야?"

"애들한테 알려야지."

유혜미는 어느 때보다도 단단한 목소리로 말했다.

"괘씸하잖아. 이미지 관리 잘하는 것도 얄밉고. 중딩 때는 어렸던 데다 너무 황당해서 아무것도 못 했지만 지금은 할 수 있지 않을까? 뭐든?"

유혜미가 말하는 '뭐든'에 어떤 것들이 포함될 수 있을까. 나도 심오혁이 괘씸했지만 어떤 방법으로 심오혁의 진짜 모습을 까발려야 할지 알 수 없었다. 게다가 심오혁이 직접 우리 반에 피해를 준 것도 아닌데 그 애의 본모습을 꼭 알려야 하는 건지 그것도 무척 혼란스러웠다.

"그 말 알아? 사람의 마음을 얻는 일은 우주를 얻는 것과 같다는 말."

유혜미가 조용히 말했다. 나는 유혜미를 건너다보았고 그 애 뒤로 낮게 뜬 달이 보였다. 달은 꽤 가까이 있는 것 같았다. 주홍빛을 내는 달의 표면을 만질 수 있을 듯했다. 우둘투둘한 달의 표면을 손끝으로 만지면 어떤 느낌일까.

"누군가가 자신을 좋아한다는 거. 그거 엄청 대단한 건데, 심오혁도 그렇고 오빠도 그렇고 그걸 모르는 것 같아. 많은 사람이 자기를 떠받들면 소중한 진심도 귀찮아지는 걸까?"

유혜미의 목소리가 더없이 쓸쓸하게 느껴졌다.

"좋은 방법 있을까?"

유혜미가 생각에 잠기더니 곧 우리 반 상황을 꼬치꼬치 물었다. 최근 우리 반 얘기를 다 들은 유혜미가 아이디어를 냈고 내가 그걸 현실적인 방향으로 수정했다. 하지만 이 일은 나 혼자 할 수 없었다. 송이와 채연이 필요했다.

유혜미와 헤어지자마자 송이한테 연락을 했다. 송이와 함께 채연의 아빠가 하는 가게를 찾아갔다. 가게에 채연은 없었다. 채연에게 기다리겠다고 톡을 보내 놓고 송이와 나는 가까운 카페에 들어갔다. 시간이 흐를수록 밤공기가 제법 차가워져 밖에서 무작정 기다릴 수가 없었다.

"송이야."

작은 목소리로 송이를 불렀다.

"응?"

"네가 좋아한 사람을 내가 함부로 말했어. 상처 받았다면 사과할게."

나는 핫초코가 담긴 컵을 두 손으로 감싸 쥐며 말했고 송이는 잠깐 뜸을 들인 뒤 입을 열었다.

"아냐. 내 생각해서 말해 준 거잖아. 네 말이 사실이기도 했고. 그냥 난 별 생각 없이 네가 얼마나 용한지 얘기한 건데 채연이 가 그 일을 그런 식으로 꺼낼 줄은 몰랐어. 나야말로 미안해."

송이가 고개를 반쯤 숙이며 말했다. 나는 송이의 손등 위로 내 손을 살포시 포갰다.

"뭐가 미안해. 그날 채연이가 한 말 다 맞는 말이야. 미안해하 지 마."

무슨 일이 있어도 내 편이 되어 주는 송이. 반에 아픈 친구가 있으면 가장 먼저 손을 내밀어 안부를 묻는 송이. 송이가 내 곁 에 오래도록 있어 주면 좋겠다. 고등학교를 졸업하고 어른이 되 어도, 취직이 안 돼 빌빌거려도, 애인과 헤어져 비참해할 때도, 송이가 내 곁에 있다면 뭐든 버틸 수 있을 테니까.

카페 문을 다급하게 열면서 채연이 들어왔다. 채연은 씩씩대 며 우리 앞에 앉더니 아직 뜨거운 핫초코를 벌컥 마셨다.

"박세린, 잘 들어. 처음엔 화딱지 나더라. 내가 얼마나 오혁이 를 좋아했는데. 그냥 계속 좋아하게 놔두지. 네가 뭔데 오혁이 한테 흠집을 내고 내 마음을 갈기갈기 찢어 놓는데? 근데 만에 하나 네 말이 맞다면? 진짜라면? 도저히 가만히 있을 수 없어. 내가 자기를 얼마나 좋아했는데, 우리 진심에 먹칠을 해도 유분 수지!"

채연의 말이 끝나자마자 송이는 생긋 웃었다. 나는 채연의 손을 덥석 잡고 흔들었다. 그리고 지갑을 탈탈 털어 베이글을 샀다. 송이와 채연이 따뜻한 차와 함께 베이글을 먹는 동안 유혜미와 만난 이야기를 털어놓았다. 우리는 유혜미가 내게 던진 아이디어에 구체적으로 살을 입혀 나갔다. 그러고는 의미심장한 눈빛을 서로 주고받은 뒤 곧장 헤어졌다.

다음 날 우리는 채연네 가게를 다시 찾았다. 채연은 아빠의 팔을 꼭 붙든 채 사정없이 흔들어대고 있었고 송이와 나는 옆에 서서 최대한 불쌍한 표정을 지었다.

"아빠, 한 번만. 응?"

채연이 코맹맹이 소리를 내며 귀여운 새끼강아지처럼 아빠의 팔에 얼굴을 비벼댔다. 송이와 나는 터져 나오려는 웃음을 참기 위해 손등을 세게 꼬집어야만 했다.

"안 된다니께."

"진짜 곱게 쓸 거야. 고장 날 일 전혀 없다니까."

"너 줄 거 없어야. 그게 얼마짜린데."

채연의 아빠는 완강했다. 평소 애교와 거리가 먼 채연이 이렇게 최선을 다하는데도 안 되는 일이라면 하는 수 없는 거다. 내가 그만 포기하고 나가자는 눈빛을 보내려는데 송이가 싹싹한 말투로 말을 시작했다.

"저 아버님, 저희가 그게 왜 필요하냐면요."

송이가 차분히, 그러면서 간결하게 상황을 전달했다. 우리에게 지금 왜 CCTV가 필요한지, 어째서 CCTV를 고장 내지 않고 쓸 수 있다고 자신하는 건지 조곤조곤 늘어놓았다. 채연의 아빠가 송이의 이야기를 다 듣고는 벌떡 일어났다. 그러고는 선반 위에 올려둔 상자를 능숙하게 꺼내 송이에게 내밀었다.

"상처내지 말고 반납해야 된다잉."

"네! 감사합니다."

송이가 꾸벅 고개를 숙이며 인사했고 나도 덩달아 그랬다. 고개를 들어 올리면서 송이에게 엄지손가락을 세워 날렸다. 어른 앞에서 꽤 긴 말을 쏟아내는 동안 송이는 전혀 긴장하지 않았다. 차분하고도 논리적으로 할 말을 쏙쏙 전달했다. 송이에게 저런 재주가 있었다니. 신기했다.

채연은 아까처럼 아빠 팔에 찰싹 붙어 귀여운 목소리로 종알거렸다.

"거봐, 우리 아빠 최고라니까."

그렇지만 가게를 나오자마자 우리는 돌처럼 굳어 버렸다. 차갑기 그지없는 채연의 도도한 얼굴에 찬바람이 씽씽 불었다.

"아씨, 줄 거면 진작 줄 것이지."

후, 하고 입 바람으로 이마에 내려온 앞 머리칼을 훅 날리더니 채연은 씩씩대며 걸어갔다. 우리는 오늘 하루만큼은 절대 채연을 건드리지 말아야겠다고 다짐하면서 그 뒤를 따랐다.

우리는 혜미네 아파트 앞 분식집에서 긴급 회동을 가졌다. 그동안 짜온 시나리오를 혜미와 공유했다. 혜미는 진지한 얼굴로 이야기를 들어주었다. 곧 떡볶이와 순대가 나왔고 자연스럽게 이야기가 잠깐 끊겼다. 혜미는 순대를 좋아하는 듯했다. 계속 순대에만 포크를 내밀었다.

"있지, 한 방이 부족해."

내 말에 친구들이 포크질을 멈추었다.

"나도 그렇게 생각했어."

혜미의 말에 나는 크게 고개를 끄덕였다.

"심오혁이 어떤 인간인지 더 알렸으면 좋겠어."

말을 하면서 나는 스스로에게 놀랐다. 내 안에 뜨거운 분노가 타오르고 있었다. 심오혁은 사람들을 기만하면서 견고하게 구축한 완벽한 이미지 안에 숨어 핵인싸로 거듭났다. 나의 분노는 심오혁을 향한 배신감이었다. 내 마음 속 깊은 곳에 꽁꽁 숨겨두었던 분노의 에너지가 온몸을 타고 흘렀다.

"혜미 너한테 심오혁이 잘못 보낸 메시지가 아직도 있을까?"

"없지. 폰 바꾼 지도 꽤 됐고."

혜미가 곰곰이 생각에 잠기더니 곧 비장한 목소리로 말했다.

"좋은 방법이 생각났어."

비밀리에 독립선언문을 작성한 33인의 민족대표처럼 우리는 비장한 얼굴을 하고 있었다. 하나의 아이디어가 나오면 곧이어 더 좋은 아이디어가 앞다퉈 튀어나왔다. 어느새 채연은 남은 떡볶이를 싹 먹어 치웠다.

우리는 묵묵히 기다렸다. 다음 도난 사건이 벌어질 때까지. 역시 도둑은 개 버릇 남 못 주고 또 물건을 훔쳤다. 이번에는 스마트폰이었다.

"어떤 인간인지 몰라도 스마트폰은 좀 심했다."

여론은 도둑 편이 아니었다. 일이 잘 풀릴 것 같은 예감이 들었다.

학급 회의가 열렸다. 오늘도 심오혁은 사생활 침해를 들먹이며 은근슬쩍 신중하자는 쪽으로 가닥을 잡았지만 반 아이들은 단호했다. 우리 학교 이미지라는 게 있는데 이런 잡범을 놔두는 건 말이 안 된다는 의견이 다수였다. 어쩔 수 없이 심오혁은 담임을 불렀다.

소지품 검사가 진행되었다. 아이들의 가방이 모두 열렸지만 우리 예상대로 도난당한 스마트폰은 흔적조차 없었다.

"범인은 우리 반이 아니에요."

내 말에 아이들이 술렁였다.

"그게 무슨 말이야? 박세린, 일어나서 얘기해 봐."

담임이 교단으로 돌아가 말했고 심오혁은 담임 옆에 엉거주춤 서서 나를 빤히 쳐다봤다. 불안하게 흔들리는 심오혁의 눈동자가 훤히 보였다.

"체육 시간에 배가 아파서 화장실에 들렀거든요. 그러다가 봤어요. 우리 반에서 황급히 나가는 애를."

"그 얘길 왜 이제 하니? 그게 누군데?"

"5반 나진우요."

핏기가 가신 얼굴로 심오혁이 내게 따지듯이 물었다.

"확실합니까? 진짜 얼굴을 봤냐고요?"

"확실히 봤는데요, 회장님."

스마트폰을 잃어버린 아이들이 당장 나진우 소지품을 검사해야 한다고 말하자 심오혁은 백짓장처럼 새하얘진 얼굴로 남의 반에 함부로 들어가 그럴 수는 없다고 강경하게 말했다.

"회장, 함부로가 아니죠. 증인이 있잖아요!"

"아, 오늘따라 심오혁 진짜 이상하네."

아이들의 볼멘소리가 이어지자 심오혁의 얼굴이 완전 빨개졌다.

"회장, 지금 나진우가 친구라서 감싸 주는 건가요?"

송이가 묵직한 한 방을 날렸고 아이들은 웅성거렸다.

"둘이 친구라고? 그래서 지난 회의 때도 뜨뜻미지근하게 넘어간 거야?"

"친구 아닌데요?"

심오혁은 붉으락푸르락 변한 얼굴빛으로 용케 회장으로서 지켜야 할 말투를 유지하고 있었다.

"중학교 때 같은 반이었고, 그때부터 친하게 지냈다고 들었는데."

"누가 그래요!"

"3반 유혜미요. 불러 올까요?"

송이가 날린 펀치에 심오혁은 휘청거렸다. 눈을 질끈 감더니 고개를 푹 떨궜다.

"저한테 확실한 증거가 있어요."

채연이 자리에서 천천히 일어섰다. 아이들 모두 채연을 바라봤다.

"요새 자꾸 뭘 훔치는 쥐새끼가 있다고 하니까 아빠가 남는 CCTV를 하나 줬거든요. 사물함 위에 놔뒀으니 도둑이 찍혔을 거예요."

"옳거니. 채연이 아버님이 CCTV 전문가이시지."

담임의 말이 끝나자마자 아이들은 당장 CCTV에 녹화된 영상을 틀자고 한목소리로 외쳤다. 채연은 여유롭게 CCTV 메모리칩을 들고 교실 앞으로 걸어갔다. 채연은 하얗게 질려 버린 얼굴로 떨고 있는 심오혁을 휙 지나쳤다. 그리고 컴퓨터 본체에 메모리칩을 꽂았다.

빔 프로젝트가 쏘는 화면 속에 우리 교실이 나왔다. 아이들이 체육 시간에 맞춰 하나둘 교실을 나갔다. 형광등이 꺼진 어둑한 교실. 한동안의 공백. 채연이 화면을 빠르게 넘기는 순간, 실루엣이 등장했다. 화질이 아주 좋지는 않았지만 그 실루엣이 누군지 구분 못 할 정도는 아니었다. 나진우는 주머니에 손을 꽂은 채 교실 안을 여유롭게 돌아다녔다. 그러더니 망설임 없이 가방을 뒤졌다. 동시에 아이들 입에서 탄성이 터져 나왔다. 어떤 아이의 스마트폰이 비싼 건지 미리 정보를 알고 있는 듯 나진우의 동선은 무척 짧고 효율적이었다.

채연이 동영상을 껐다. 묵직한 침묵이 교실 안에 빼곡히 고였다. 아이들의 시선이 한 곳에 모였다. 우리가 믿고 사랑했던 우리의 회장에게로. 이마에 맺힌 땀방울이 또르르 굴러 양쪽 뺨을 가득 채우고 있는 심오혁에게로. 얼굴을 한 손으로 쓸어내리며 땅이 꺼져라 한숨을 쉬고 있는 우리 학교 아이돌이자 인싸인 오혁에게로.

"5반 나진우가 도둑인 건 알겠는데요. 나진우랑 오혁이 친구 사이인 게 무슨 상관이죠? 도둑이 우리 반에 드나드는 걸 오혁이는 몰랐겠죠."

팬클럽 '러블리 오혁'의 멤버였던 아이가 말했다. 그 애의 말에 반 아이들이 술렁였다. 그 애는 아직도 오혁이 단지 나쁜 친구를 잘못 사귄 불쌍한 아이이길 간절히 바라고 있었다.

"안타깝게도 아니었어요."

내가 단호하게 말했다. 동영상이 멈춘 화면에 이미지 한 장을 띄웠다. 네 명이 함께 있는 단톡방 화면이었다. 오혁이 친구와 주고받은 문자 메시지가 보였다.

— 돈 좀 빌려 주라.

— 너 돈 많잖아. 다 어쨌어?

— 골빈 년들이 준 선물 팔아 봤자 푼돈이고 진우 새끼가 훔친 돈 뿜빠이 해 준 걸로 최신 폰 사서 지금 거지라고. 빨리 갚을 테니까 좀만 빌려 주라.

아이들 입에서 거친 감탄사가 흘러나왔다. 대놓고 거친 표현을 하는 애들도 있었다.

"심오혁, 나 좀 보자."

담임이 박력 있게 교실을 나섰고 그 뒤를 심오혁이 따랐다. 폭 숙인 고개와 처진 어깨, 그리고 갈 길을 잃은 듯 제멋대로 헝클어진 머리카락까지. 그 애는 더는 완벽하지도, 멋지지도 않았다. 아이들은 심오혁의 뒷모습을 눈여겨보지 않았다. 눈길조차 주지 않았다. 채연과 송이와 나만이 그 애의 처량한 등을 끝까지 바라보았다.

교문 앞에서 혜미를 만났다. 일이 어떻게 풀렸는지 다 알고 있다는 듯 혜미는 우리에게 아무것도 묻지 않았다. 채연과 송이가 살 게 있다며 편의점 쪽으로 방향을 틀었다. 나와 혜미는 말 없이 더 걷다가 지난번에 만났던 놀이터에 도착했다. 벤치에 나란히 앉자마자 내가 먼저 물었다.

"정말 덕질 그만둘 거야?"

"그렇다니까."

그렇게 말해 놓고 혜미는 이를 뿌드득 갈았다.

"내가 덕질 또 시작하면 사람이 아니지. 이젠 나를 돌볼 거야. 공부도 좀 하고."

과연 유혜미가 덕질을 그만둘 수 있을까? 아마 조금 있으면 또 새로운 덕질을 시작할 거다.

"안타깝네. 너 따라 나도 덕질이나 해 볼까 했는데."

"헐, 네가?"

미심쩍다는 표정으로 나를 흘끗 보더니 혜미는 숨을 들이마시며 뺨을 개구리처럼 부풀렸다.

"아이돌 좋아하는 게 행복하긴 해. 특별한 일이 생기지 않는 이상 아이돌한테 실망할 일은 없으니까. 아이돌은 이미지로만 존재하고 소속사는 그 이미지를 철저하게 관리하니까. 어차피 죽을 때까지 오빠의 진짜 모습은 알 수 없을 테니까."

이미지와 진짜 모습. 어찌 보면 어려운 이야기였지만 혜미가 하려고 하는 말의 핵심을 알 것 같았다. 나 또한 혜미가 아이돌을 좋아한 방식 그대로 심오혁이 가꾼 이미지만 좋아한 셈이었으니까. 심오혁의 진짜 모습은 지금 내가 알고 있는 것보다 더 추악할 수도 있으니까.

"하여튼 입덕하면 연락 줘. 영업당해 줄 테니까."

"다신 안 한다니까."

누군가를 아무리 좋아해도 그 사람의 진짜 모습은 알 수 없을 테지만, 그렇게 또 여지없이 실망하고야 말겠지만 그렇다고 사랑을 하지 않을 수는 없다. 마음 안에 넘쳐나는 이 뜨거운 사랑을 꽁꽁 숨겨 두기만 하는 건 세상에서 가장 어리석고 우스꽝스러운 일일 테니까.

오늘부터 친구들과 함께 아이돌 쇼핑을 해 봐야겠다. 아직 인

기도 없고 뜨려면 시간이 한참 필요한 신생 아이돌 그룹을 골라
야겠다. 그들이 최고의 그룹이 될 때까지 응원하고 열렬히 지지
해 줘야지. 그러다 보면 곧 고2가 되고 수능이 다가오고 수능이
지나면 어른이 되어 있겠지.

겨울의 시작을 알리는 듯 매서운 바람이 놀이터를 쓸고 지나
갔다.

그날 송이와 내가 배달한 연탄들이 할머니, 할아버지의 방을
뜨끈하게 데워 줬으면 좋겠다.

첫 번째, 앙상블을 응원하며

    중3 때였다. 정말 예기치 않게 '덕통사고'('덕후'와 '교통사고'의 합성어로, 본인의 의지와 상관없이 교통사고 당하듯 갑자기 덕질하게 되는 상황을 말한다.)를 당했다. 한 번 시작된 덕질은 습관처럼 몸에 배어 아이돌 그룹에 홀라당 마음을 빼앗긴 고등학교 시절로 이어졌다.

    그건 정말이지 엄청난 열병이었다. 24시간 머릿속에 오빠들이 있었다. '너를 보고 있어도 그립다'는 말이 뭔지 알아 버렸다. 마음속에 넘쳐나는 사랑과 감정을 주체할 수 없어 시를 끼적이기까지 했다. 지금 와서 생각해 보면 신기하다. 누군가를 어떻게, 그렇게 열렬히 좋아할 수 있었을까. 그것도 스크린이나 라디오 속에서만 존재하는, 한 번도 직접 만난 적도 없는, 잘 알지도 못하는 사람들을 어떻게 그토록 뜨겁게 사랑할 수 있었을까.

나이가 들고 어른이 되었다. 그토록 순수하고 열렬히 누군가를 좋아하는 일은 부쩍 줄었다. 그만큼 편해진 면도 있겠지만 그만큼 삶은 건조해졌다. 조금씩 마음이 메마르고 심장이 딱딱해지는 느낌인데 어쩔 수 없는 일이란 걸 알지만 가끔은 서글프기도 하다.

지금 이 순간 아무 이유 없이, 조건 없이 누군가를 열렬히 사랑하는 마음을 품고 있는 소녀, 소년들을 생각한다. 그들의 순수하고도 뜨거운 마음을 생각하니 마음이 절로 두근거리고 푸근해진다. 그들이 아무쪼록 그 풋풋하고 열정적인 마음을 오래도록 간직하기를 바란다. 더불어 이 소설을 재미있게 읽어 준다면 좋겠다.

지금, 봄
탁경은

45

진짜든 가짜든

✦

하유지

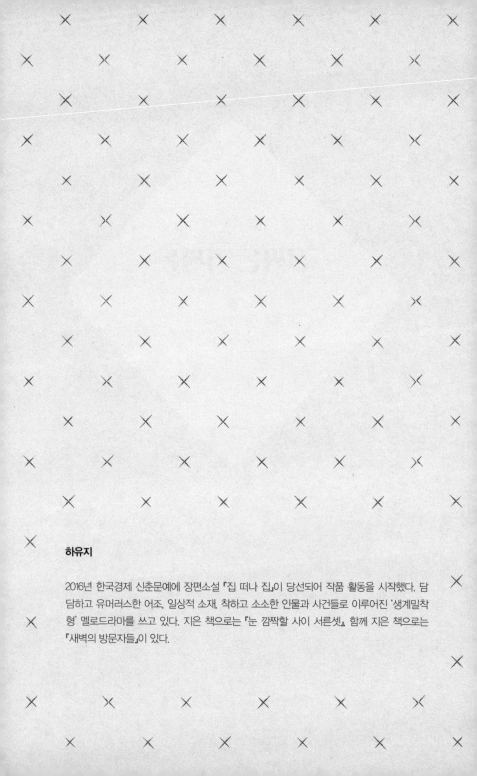

하유지

2016년 한국경제 신춘문예에 장편소설 『집 떠나 집』이 당선되어 작품 활동을 시작했다. 담담하고 유머러스한 어조, 일상적 소재, 착하고 소소한 인물과 사건들로 이루어진 '생계밀착형' 멜로드라마를 쓰고 있다. 지은 책으로는 『눈 깜짝할 사이 서른셋』, 함께 지은 책으로는 『새벽의 방문자들』이 있다.

1.

새해 첫날의 아점은 떡만둣국. 즉석식품으로 나온 떡국에 끓는 물을 붓고, 전자레인지에 돌린 냉동 만두를 넣어 아빠가 손수 준비했다.

"이게 뭐야. 인스턴트잖아."

민서는 숟가락으로 그릇 안을 휘저으며 투덜거렸다. 그래도 1월 1일에는 말랑말랑한 떡과 뽀얀 국물을 기대했다.

"얘가 가짜 설날에 바라는 것도 많아. 주는 대로 먹어."

엄마가 말했다.

한 달 뒤에나 올 진짜 설날이라고 해서 고기 국물에 떡집 떡
에 손만두인가 하면, 그럴 리가. 엄마와 아빠는 바쁜 직장인이
었다. 만두를 빚기는커녕 불에 냄비 올릴 시간도 빠듯하다.

수면바지 안에서 스마트폰이 울었다. 민서는 질긴 떡을 씹으
며 메시지를 확인한다. 연희다.

— 뭐 해?
— 가짜 먹어.
— 뭐래. 노래방 가자.

눈알을 굴려 엄마를 힐끔거린다. 코인 노래방, 엄마가 질색하
는 곳. 컴컴하고 축축하고 밀폐된 곳. (엄마 말로는) 애들끼리 가
면 무슨 짓을 벌일지 모르는 어둠의 장소. 민서와 연희에게는
숨구멍, 노래 부른답시고 악을 쓰며 엉터리 바보 춤을 춰도 괜
찮은 무대 뒤.

"야, 이민서!"

엄마가 외쳤다.

민서는 깜짝 놀라 흡, 숨을 들이마시면서도 답을 찍었다.

— ㅇㅋ!

"그 버릇 그거, 새해 돼도 남 못 주지? 정신 차려. 너도 이제 3월이면 고등학생이야!"

고등학생이 뭐! 민서의 눈꼬리가 샐쭉해진다. 고등학생은 노래방 가면 안 된다는 법이라도 있나? 중학생은 중학생이라서 못 간다더니. 뭐든 엄마 맘대로다.

"언제까지 그놈의 폰만 붙들고 살래. 아주 저거랑 한 몸이야. 교과서를 그렇게 좀 가까이해 봐라."

숟가락으로는 떡만둣국을 푸고 입으로는 한숨을 푹푹 내쉬는 엄마.

아, 노래방이 아니라 스마트폰 얘기구나, 하고 민서는 안심했다. 생각해 보니 엄마 자리에서 페메 내용이 보일 리 없다. 건너편에 앉은 데다가 요즘 노안도 심해졌다고 하니까. 민서도 휴우, 한숨을 뱉는다. 안도의 느낌이지만 끝에 가서는 짜증으로 바뀐다. 또 스마트폰 얘기잖아, 싶어서다.

아빠가 민서의 눈치를 살핀다. 스마트폰은 전쟁으로 가는 버튼이었다. 꾹, 누르면 팡, 터진다. 엄마와 민서의 미약한 인내심이 폭발해 버린다.

"방학인데 어때. 그냥 놔둬."

아빠는 후폭풍을 걱정하여 사태를 무마하려 한다.

"몇 년을 놔뒀더니 저 모양이잖아. 공부는 아예 뒷전이야. 고

51

등학교 가서도 저래 봐, 성적 빤하지. 이민서! 넌 그걸로 맨날 뭘 그렇게 하냐? 지겹지도 않아?"

엄마는 물러서지 않는다.

"그러는 엄마는! 엄마도 집에 오면 폰하고만 놀잖아!"

"어머머, 얘 좀 봐. 내가 뭐! 내가 언제!"

카톡, 카톡. 엄마의 스마트폰이 지금이에요, 바로 지금, 대답했다. 엄마는 콧김을 내뿜으면서도 화면을 확인했다. 그러더니 카드대금 명세서를 봤을 때처럼 무서운 표정이 된다. 까 부장인가 보네, 민서는 짐작했다. 퇴근하고도, 주말에도, 휴가에도 카톡으로 업무 지시(라고 주장하는 진상 짓)를 해대는 까 부장. 하도 카톡을 보내서 까 부장이고, 발로 한 대 까 주고 싶어서 까 부장이라나. 엄마가 진저리 반에 분노 반으로 아빠에게 하소연하는 소리를 들었다.

"이게 일하는 거지 노는 거니? 너 먹이고 입히고 공부시키느라 이렇게 쉴 틈도 없이 일한다, 내가. 그런데 넌 폰 붙들고서 수다나 떨고 게임이나 하고. 클 만큼 컸으니까 놀 생각만 말고 응? 고생하는 부모 생각도 하고 그러면 얼마나 좋아. 아우, 까 부장 이 새끼! 카톡질 하는 손가락 마디마디를 분질러 버릴라!"

엄마는 입으로는 훈계를, 손으로는 답장을 하다가 휴대폰을 부수려 들었다. 아빠가 손가락으로 엄마의 옆구리를 찔렀다. 까 부장 때문에 민서 앞에서 이성 잃으면 나 좀 말려 줘, 하던 부탁을 들어준 셈이다. 엄마는 움찔하더니 말을 멈췄지만 까 부장에게 온 답을 확인하고서야 휴대폰을 식탁 위에 내려놓았다.

"그 아저씨한텐 끽소리도 못 하면서 나한테만 화풀이야."

민서가 질긴 상태로 죽이 되어가는 신기한 떡을 숟가락으로 짓이기며 종알댔다.

"모르면 가만있어. 쪼끄만 게, 뭘 안다고."

"방금 전엔 클 만큼 컸으니까 부모 생각 좀 하라더니 이젠 또 가만있으래. 어쩌란 건데?"

정말 어쩌라는 건가 싶어서 민서는 어이가 없다. 모르기는 뭘 몰라. 아는 대로 말해 버려야겠다.

"엄마도 종일 폰 하잖아. 아줌마들 사이트 들어가서 수다 떨고, 쇼핑몰 돌면서 가방이랑 신발 구경하고, 웹툰도 요일별로 챙겨 보고! 잘 때도 불 꺼 놓고 30분도 넘게 하지? 내가 모를 줄 알아? 엄마 완전 스마트폰 좀비야. 난 적어도 화장실에서는 안 하거든!"

예상치 못한 일격에 당황했는지 뭐라고 말도 못 하고 얼굴만 시뻘게지는 엄마. 민서의 공격이 이어진다.

"엄마는 할 거 다 하면서 왜 나한테는 아무것도 하지 말래? 불공평해. 내로남불이야."

"너, 넌, 음, 그래! 한창 공부할 나이잖아, 넌! 난 직장에서 시달리느라 늙어 가는 40대고. 잠깐씩 스트레스 좀 풀겠다는데 그게 그렇게 고까워?"

스트레스 해소라, 담배 피우다가 걸린 아빠의 변명 제1호다. 민서는 이거다, 싶어서 그 말에 매달린다.

"스트레스는 내가 더 받거든? 학교에다가 학원은 또 몇 군데나 다니는데. 엄마는 회사 딱 하나잖아."

"얘가 보자 보자 하니까 못 하는 말이 없어. 나하고 너하고 같니? 너는 가만히 앉아서 돈 쓰다 오는 거고, 나는 온갖 진상한테 시달리면서 돈 벌다 오는 건데 그게 같아? 플러스하고 마이너스잖아. 얻다가 비교를 해!"

"그럼 배우는 게 플러스고 일하는 건 마이너슨가? 아니, 그 반댄가……."

고민하며 중얼거리던 아빠가 슬쩍 일어나려는데,

"어디 가?"

관심의 총구를 아빠 쪽으로 돌리는 엄마.

"나? 아니 나는, 다 먹어서 일어나려고. 설거지는 이따가 할게."

"그러니까 어디 가냐고."

"가긴, 내가 뭘."

아빠는 의자에서 반쯤 뗀 엉덩이를 긁는 척하더니 도로 앉았다.

"한 대 피우고 싶어서 안달이 나셨지, 지금?"

"무슨, 아니야!"

아빠가 부정하면 부정할수록, 민서마저 엄마 말에 동조하게 되었다. 아니라며 내젓는 손짓마저 담배 연기를 흐트러뜨리는 몸짓과 비슷하다. 아빠는 새해는 말할 것도 없고 계절이 바뀔 때마다, 새 달이 시작할 때마다 담배를 끊겠다고 다짐한다. 그리고 실패한다. 아빠가 풍기는 스트레스 냄새와 담배 냄새는 까부장의 카톡 소리만큼 흔하고 잦다.

"아닌 게 아닌 거 다 아니까 거짓말하지 마."

엄마가 추궁한다.

"진짜 아니라니까 그러네. 그럼 말 나온 김에 우리 모두 확 끊을까? 너 나 할 것 없이 공평하게."

아빠가 제안했다. '우리 모두 확'이라니, 새로운 옵션이다.

"뭘 끊어?"

엄마와 민서가 물었다.

"나는 담배, 당신이랑 민서는 스마트폰."

뭐래, 진짜. 민서는 연희와 약속 시간을 정하면서 고개를 흔들었다. 아빠가 담배를 끊어? 회사가 아빠를 끊고 말지. 엄마가 스마트폰을 끊어? 까 부장이 카톡 끊는 날이 온다면야. 내가 스마트폰을 끊어? 누구 맘대로, 흥!

"그거 괜찮은데?"

팔짱을 끼고 무엇인가 생각하던 엄마가 말했다.

"새해도 됐겠다, 그래, 다 같이 끊자. 확 끊어 버려! 당신은 오늘부터 담배 끊어. 손도 대지 마."

"그럼 당신은? 전화 해지할 거야?"

"전화 없이 어떻게 사회생활을 해. 말이 되는 소리를 해라, 좀. 전화랑 담배는 다르잖아. (다르고말고, 민서는 생각했다.) 있을 건 있어야지. (옳소!) 집에 오면 딱 한 시간씩만 하는 거야. 밤 10시 이후에는 무조건 금지. 특히 자기 전에는 안 돼. 스마트폰 불빛이 숙면에 안 좋다더라."

한 시간이 어쩌고 할 때부터 민서는 엄마 말에 급속도로 관심을 잃었다. 연희와 한 시간 뒤에 노래방 앞에서 만나기로 한다.

"넌 엄마가 말을 하면 코빼기로 듣는 척이라도 해라. 쟤가 날이 갈수록 왜 저러는지 몰라."

"왜 자꾸 '척'을 하래? 난 진심과 진정과 진실이 좋거든? 엄마랑 아빠, 둘 다 지키지도 못할 다짐은 하지도 마."

"내가 스마트폰 못 끊는다, 이 얘기야?"

"당연하지!"

그 순간, 민서의 눈앞이 깜깜해진다. 엄마가 휴대폰을 낚아채서 빼앗아 갔다! 아아, 세상이 컴컴하다. 암흑이다.

"무슨 짓이야! 내놔!"

민서는 양팔을 휘두르며 엄마에게 달려들었지만 아빠에게 막혔다. 아빠는 눈을 꿈쩍거리며 이따가 찾아 줄게, 달래는 신호를 보낸다.

"너야말로 못 끊지? 내가 딸깍 죽어도 이놈의 것 들여다보느라고 오지도 않을 거야, 넌. 나중에 스마트폰이랑 결혼해서 신제품 쌍둥이도 낳고 행복하게 오래오래 살아라, 아주. 효도도 스마트폰한테 하고, 고장 나면 요양원 보내 주고 면회 가고 그래. 그럼 좋고 팔자 좋고 만사형통이겠네."

엄마가 비아냥거린다.

"이제 와서 왜 이래? 말만 걸어도 귀찮아 했으면서! 피곤하니까 폰이나 보라고 했으면서!"

민서는 눈물까지 글썽거리며 소리를 질렀다.

딸의 스마트폰을 손에 쥔 엄마, 눈동자가 흔들린다. 민서 말마따나 민서가 이만큼 큰 데에는 스마트폰의 공로가 컸다. 엄마와 아빠는 직장생활로 일주일에 엿새쯤은 파김치나 녹초나 뭐그런 상태였으니까. 스마트폰, 이 똑똑한 바보는 민서에게 엄마이자 아빠, 선생님이자 친구 역할을 해 왔다.

"좋아, 지금 딱 결심할게. 내가 이번에 스마트폰 못 끊으면 그땐, 그땐!"

엄마가 말했다.

"그땐 뭐? 뭐?"

민서가 깐족거린다.

"그땐……!"

그러더니 엄마가 중대 결심을 발표했다.

2.

"나, 아무래도 곧 엄마가 될 거 같아."

민서가 말했다.

연희는 치킨버거를 먹느라 크게 벌린 입만큼 두 눈이 커다래졌다. 버거는 씹는 둥 마는 둥, 휘둥그레진 눈으로 민서의 배를 본다.

"야, 야! 그쪽 얘기가 아니거든?"

"그럼? 갑자기 웬 엄마?"

민서는 콜라를 들이켰다. 코인 노래방에 들어가자마자, 노래

못 부르면 내일 죽는 사람처럼 열창하고 온 다음이라 목이 탔다.

"우리 집 식구들, 새해 목표 세웠다는 얘기는 했지? 엄마랑 난 밤 10시 이후에는 스마트폰 안 하기. 아빠는 담배 끊기."

연희는 치킨버거에서 마요네즈 묻은 양상추를 꺼내며 고개를 끄덕였다. 새해 목표가 채소를 포함하여 골고루 먹기는 아닌 모양이다.

"목표 달성을 못하면 받을 벌칙도 정했거든? 엄마는 나한테 엄마라고 하겠대. 폰 하다가 걸리면 그때부턴 내 딸이라 이거지. 난 내가 약속 어기면 엄마의 엄마 하겠다고 했어. 그래서 나 이민서가 곧 엄마가 될 예정이라, 이거야. 우리 엄마는 스마트폰 못 끊어. 라면이 달걀을 포기하는 게 빠를걸."

"엄마가 딸이 되고, 딸이 엄마가 되고, 어쩐지 콩가루 날리는데?"

"콩가루 집안에 개판이지. 아, 야옹이판인가."

"야옹이는 또 뭐냐."

"우리 아빠. 내가 담배 피우다가 걸리면 개다, 이러잖아. 그러지 말고 고양이나 하라고 했어. 난 개보단 고양이가 낫더라."

"개든 고양이든, 그러다가 네가 딱 걸리면 어쩌려고? 진짜 폰 끊게?"

"미쳤냐? 끊긴 뭘 끊어."

59

"그러면?"

"할 거 다 하고 안 걸리면 되지. 아빠는 괜찮아. 엄마한테만 안 걸리면 돼."

민서는 닭가슴살 덩어리를 씹으면서 두고 봐라, 하고 별렀다. 내가 걸리든 엄마가 걸리든 엄마는 내 밥, 내 딸이야!

3.

아빠는 민서 방 앞에 서서 똑똑, 문을 두드렸다. 5초를 기다렸지만 답이 없어서 한 번 더 두드린다.

"아, 왜!"

짜증 섞인 응답.

"아빠 들어가도 되지?"

5초를 더 기다렸다가 문을 연다.

아빠가 10초씩이나 예의와 범절을 차렸건만 민서는 침대에 누에나 애벌레처럼 파묻혀서 꿈틀꿈틀, 두 눈과 두 손만 폰을 하느라 빠르고 바쁘다. 아빠는 쳐다보지도 않는다.

"엄마였으면 어떡하려고?"

아빠가 소곤거리며 문 밖을 두리번거리더니 소리도 살짝, 문을 닫는다. 엄마는 화장실에서 씻는 중인데도.

"아빠였잖아. 그리고 엄마는 노크 같은 거 안 해. 벌컥벌컥 열어젖히고 보지."

"그러니까, 내 말이. 들키면 어쩌려고 그래."

"아, 알았어. 앞으로는 문 잠글게. 됐지?"

민서는 오른쪽 엄지로 화면을 넘기면서 대꾸한다. 연희가 날린 링크 폭탄을 하나씩 터뜨리며 즐겁고도 기쁜 마음이다.

"그게 아니라, 민서야. 10시 이후에는 스마트폰 안 하기로 했잖아."

지금은 10시 27분이다. 새해가 된 지도 닷새가 지났다. 며칠간 민서는 방에 틀어박혀서 스마트폰과 우정을 쌓았다. 마침 학원도 방학이겠다, 연희와 페메로 다지는 우정도 이 겨울밤에 깊어만 간다.

"엄마도 할 텐데, 뭐."

민서가 옆으로 돌아누우며 말한다. 아, 허리 아프다.

"엄마는 안 해."

아빠가 말했다.

"한다니까. 화장실 가 봐. 변기에 앉아서 신발 보고 있을걸?"

"민서야."

"아이, 진짜!"

이불 고치를 벗어던지고는 양반다리를 하고 앉더니 아빠를 노려본다. 스마트폰은 두 발이 맞닿는 복숭아뼈 위에 걸쳐 놓았다.

"뭐가 문젠데? 내가 폰 하는 거? 엄마한테 걸릴까 봐? 왜 그러는데!"

"둘 다 문제지. 우리 식구들, 약속했잖아. 스마트폰이랑 담배 끊기로."

"아빠만 엄마한테 아무 말 안 하면 아무 문제 없다니까."

민서는 허리가 덜 아픈 방향으로 드러눕더니 연희가 보낸 동영상을 재생했다.

아빠는 한숨을 내쉬더니 딸의 방을 나왔다. 그러고는 안방으로 가서 문을 연다.

"엄마야!"

침대 끄트머리에 앉아 휴대폰을 보던 엄마가 두 팔을 쳐들며 놀란다. 엄마의 놀란 간처럼 바닥에 떨어지는 스마트폰, '새해 패션을 책임질 부츠 대전'이라는 광고가 번쩍인다.

"뭐야, 갑자기. 깜짝 놀랐잖아!"

"아, 미안. 화장실에 있는 줄 알고."

"노크 좀 해. 난 당신 방에 들어갈 때 노크하잖아."

엄마가 휴대폰을 주우며 대답했다.

엄마와 아빠는 따로 잔다. 아빠의 코골이 때문이다. 화장실 옆에 붙은 조그만 방이 아빠의 침실이었다.

"아무튼 당신, 민서가 보면 어쩌려고 그래?"

문을 닫으며 소곤거리는 아빠.

"그냥 잠깐 하는 거야, 잠깐."

엄마는 부츠를 지나쳐 구두에 빠져들었다. 칙칙한 겨울이니만큼 상큼한 색깔에 눈길이 간다.

"민서 잘 감시하고 있는 거지?"

페이지를 넘기는 찰나, 고개를 들어 날카로운 눈빛으로 남편을 살펴본다.

"감시는 무슨…… 각자 양심대로…….."

고개를 숙이며 웅얼거리는 아빠.

"난 내일부터 진짜 끊을 거야."

"어제도 그 얘기 했잖아."

이틀 전, 작심삼일의 마지막 날 무너진 아내를 안타까워하는 눈길로 바라본다.

"내일은 진짜야."

"어제랑 오늘은 어쩌고."

"그건 당신만 입 다물면 돼. 알았지?"

아빠는 알았다고도 모른다고도 못 하고, 울상을 지었다. 아
아, 모녀여! 제발 좀! 속이 답답해지면서 머리가 띵했다. 담배
한 대가 간절했다.

4.

자정 즈음.

민서는 화장실에서 물 내리는 척, 손 씻는 척을 하고는 발소
리를 내며 방으로 복귀, 하는가 싶더니 다시 나와 그림자처럼
스스슥, 엄마가 혼자 자는 안방 앞으로 간다. 숨마저 참으며 문
을 열어젖힌다. 방은 어두운데 한 지점만 밝다. 허공을 밝히는
스마트폰. 내 이럴 줄 알았지. 공부한다면서 먹방 보는 자식놈
을 적발한 부모처럼 의기양양하다. 불시에 습격당한 엄마는 화
들짝 놀라 스마트폰을 떨어뜨렸다. 이번에는 바닥이 아니라 얼
굴이다. 엄마야! 아빠의 코골이 소리를 압도하는 비명. 얼굴
을 두 손으로 감싸고서 침대 위를 뒹군다. 민서가 불을 켜고 달
려가니 베개 위에 핏방울이! 아빠마저 잠에서 깨어나 달려왔다.

20분 뒤, 병원 응급실.

엄마는 입술이 찢어지고 앞니 두 대에 금이 갔다고 했다. 한 대는 부러지기 직전, 아슬아슬했다. 엄마가 응급 치료를 받는 사이, 아빠는 건물 밖으로 나간다. 민서가 아빠 뒤를 밟는다. 건물 뒤편의 으슥한 곳, 그곳도 어느 한 지점만 밝아진다. 라이터 불빛이다.

"일석이조, 돌 하나로 새 두 마리를 잡는다. 무슨 말인지 알지?"

민서는 팔짱을 끼고 다리까지 까딱거리며 말했다.

아빠는 불을 붙여서 한 모금 빤 담배를 든 채 고양이 앞의 쥐처럼 얼어붙었다. 아, 담배 피우면 내가 고양이다, 했으니까 쥐가 아니라 고양이인가. 호랑이를 맞닥뜨린 고양이.

"미, 민서야."

"내 이름은 왜 부르는데? 한 번만 봐달라고?"

"그, 그게, 나도 널 봐줬으니까……."

아빠는 호랑이 앞의 고양이 처지, 사정 봐달라고 딸에게 매달리는 수밖에 없었다.

"뭐, 오늘 한 번은 봐줄게. 오는 게 있으면 가는 것도 있어야지. 대신 엄마한테 걸리면 안 돼."

"미안하다."

고맙다는 말을 하려다가 너무 뻔뻔스러운 느낌이라 미안해하는 쪽으로 방향을 바꾸었다.

아빠 마음이 시끄럽거나 말거나, 민서는 발걸음도 가볍게 병원 대기실로 돌아간다. 하루에 승리를 두 번이나, 클리어! 역시 엄마든 아빠든 내 상대가 안 돼.

엄마는 입술이 퉁퉁 부은 채 치료실에서 나왔다. 수면바지에 점퍼. 발은 맨발에 머리는 산발. 민서에게 다가오더니 스마트폰을 내민다. 치료를 받을 때 아픔을 견디느라 붙들었던지 따끈하다.

"승복. 내가 졌어. 오늘부터 네 딸 할게."

남편이라면 몰라도 딸에게 들켰으니 빠져나갈 방법이 없다. 남편은 곁다리였을 뿐, 사실 처음부터 엄마와 딸의 대결이었으니까.

민서는 함박웃음을 지으며 엄마에게서(!) 압수한(!!) 스마트폰을(!!!) 점퍼 주머니에 넣었다. 양쪽 주머니가 커다란 스마트폰으로 두둑하고 무겁다.

"이제부터 나도 엄마처럼 할 거야."

민서가 선언했다.

"어떻게요, 엄마?"

딸이 된 엄마, 엄마가 된 민서에게 묻는다.

민서는 미간을 찌푸렸다. 엄마 입에서 나오는 엄마 소리를 들으니 징그럽다. 그래도 방금 전 엄마가 된 사람답게 책임감을 발휘, 꾹 참고 설명해 준다.

"엄마 특기가 내로남불 내 멋대로, 내 맘대로잖아. 나도 앞으론 그렇게 살 거라고."

"그러시든가요. 그럼 까 부장 잘 부탁해요, 엄마."

뭐지, 훅 치고 들어오는 이 한 방은? 민서는 한 발짝 뒤로 물러난다. 승리감이 패배자처럼 달아난다.

"그 아저씨를 내가 왜? 그런 건 엄마가 알아서 해야지!"

"나 내일부터 휴가 낼 거야. 이런 꼴로 어떻게 회사를 가. 남편하고 치고받고 싸운 줄 알 텐데. 카톡 빗발칠 거니까 알아서 처리하시죠. 원래 엄마들이 그런 거 해결해 주고 그런다던데?"

회사에 안 간다고? 나도 학원 안 갈 건데. 새벽 4시에 자서 오후 3시에 일어날 건데. 내 멋대로 살 건데! 민서의 머릿속이 분주해졌다. 엄마랑 종일 집에 있어야 한다니, 별로다. 공식적으로 환자 신분이니 심부름도 못 시키겠고. 귀는 멀쩡하니 잔소리로 괴롭혀야 하나. 차라리 내가 약속을 잡아서 나가? 매일 그러기는 곤란했다. 콘서트 가서 뛰려면 지금부터 쉬면서 체력을 쌓아야 한다. 그런데 거기다가 까 부장까지? 까딱 잘못하다가는 망친 답안지가 되겠다는 예감에 초조해진다.

아빠가 다가왔다. 걸린 김에 에라 모르겠다, 몇 대 더 피웠는지 텁텁한 냄새 구름을 끌고 온다. 엄마와 민서의 콧구멍이 벌름거린다. 아빠는 걸린 사람인데 눈치가 없고, 민서는 봐준 사람인데 보람이 없다.

"설마 아파서 휴가 낸 사람한테 카톡을 보내려고."

귀도 밝은 아빠가 끼어든다.

"아 왜 고양이가 사람 말을 하고 난리야? 낄끼빠빠 좀 하시지!"

엄마가 괜한 사람, 아, 고양이에게 어흥어흥 분풀이를 했다. 아빠는 야옹, 소리 한번 못 내고 어깨를 움츠리더니 차에 시동을 걸어놓겠다며 후퇴.

"내가 왜 그 진상을 떠맡아! 몰라, 엄마 핸드폰 꺼 놓을 거야."

"어디 그래 봐라. 너 콘서트는 다 가는 거야. 확 취소해 버릴 거니까."

민서가 좋아하는 그룹이 다음 달에 콘서트를 한다. 엄마는 민서에게 볶이고 졸리고 시달리다 못해 표를 예매해 주었다. 엄마의 아이디와 비번과 신용카드로.

"그거랑 이거랑 뭔 상관인데!"

분노한 민서.

"상관있지. 콘서트 공짜 아니지? 돈 들지? 그 돈 어디서 나왔을까? 내 주머니잖아."

"아, 그렇다 치고! 본론 뭔데!"

격분한 민서.

"까 부장이랑 사장이랑 인척인데, 인척이 뭔지는 우리 엄마가 아실랑가 몰라. 한 놈은 매형이고 한 놈은 처남이라 이거야. 엄마, 까 부장 심기 거스르면요, 저 목 잘리는 건 일도 아니에요. 더럽고 치사하고 짜증나도 연락 꼬박꼬박 받아 주셔야 한다고요, 네?"

"처남은 뭐고 매, 뭐? 뭔 놈의 회사가 자기들끼리 다 해먹어. 조, 족발, 아니 뭐더라, 맞아, 족벌 경영이야 아주. 그 회사나 확 취소해 버려. 때려치워!"

엄마가 민서의 머리에 꿀밤을 먹인다. 핵주먹이다. 아픈 사람 맞아? 딸이 엄마를 때리다니, 패륜도 이런 패륜이. 하지만 민서의 머릿속은 콘서트로 가득해서, 패륜 행위를 처리할 디스크 공간이 없었다.

"누군 뭐 다니고 싶어서 다니는 줄 알아? 나간다면 제발 좀 영영 가시라고 등 떠밀걸. 내 발로 걸어 나오면 뾰족한 수는 둘째 치고 뭉툭한 수라도 있을 거 같냐고. 이 나이에 재취업은 꿈에서나 스쳐 갈 얘기야. 아빠 월급으로 대출 갚는 건 망상이고. 하여간 까 새……, 부장 심기 거스르면 너도 콘서트 꿈은 끝나는 거야. 티켓 물러서 그 돈으로 쌀 살 거니까."

"회사 그만둔다고 쌀 살 돈도 없다는 게 말이 돼? 엄마는 저금도 안 해? 늙어 가는 40대라면서 어쩜 그렇게 무계획적이고 무책임해? 아, 됐어. 나 알바해서 돈 벌 거야!"

마음이야 굴뚝같다지만 지금 당장 어디에서 알바를 구하며, 구한다 한들 티켓 예매 끝난 지가 한참인데 무슨 소용이겠는가. 엄마가 티켓을 취소하는 순간, 그 자리는 빛의 속도로 누군가 채갈 것이다. 민서는 건물 밖으로 뛰쳐나가 으아아아악! 소리를 질렀다. 주차장은 커다란 코인 노래방이 되었다. 차 옆에서 에라 모르겠다 야옹야옹, 담배를 피우던 아빠가 놀라서 달려왔다. 담뱃불을 호루라기 소리처럼 번쩍이면서.

5.

엄마는 사흘 휴가를 내더니, 주말 껴서 닷새 동안 집에서 꼼짝도 하지 않겠다는 계획을 발표했다. 그러더니 정말 아무것도 하지 않았다. 냄비 바닥에 눌어붙은 누룽지처럼 침대에 들러붙어 있을 뿐이었다. 엄마의 일과는 이랬다. 눈을 뜨면 천장을 본다. 한 시간이고 두 시간이고 올려다본다. 등허리가 쑤시고 오줌보가 터질 지경이 되면 화장실에 가고, 침대를 벗어난 김에 즉석 죽을 데워 먹는다. 그런 다음 침대로 직행. 자다가 깨면 뒤척이다가 다시 자고.

그러기를 사흘째 되는 날이었다.

"까 부장이 자꾸 카톡 보내."

자기 멋에 겨워 맘대로 사느라 하루하루가 천금 같은 민서가 안방 앞에 서서 말했다.

"하루 이틀이야? 요령껏 해 봐. 화나게 하면 게거품 물고 달려드니까 살살 달래가면서. 먹고사는 거 쉬운 일 아니다, 너. 누구 먹여 살리는 건 더 어렵고. 엄마 노릇 제대로 하려면 내 말 허투루 듣지 마."

"허투루 들을래. 난 누구처럼 비굴하게는 안 살 거거든."

"그럼 당당하게 티켓도 내놓으시지?"

콘서트 티켓은 민서의 아킬레스건이자 발화점이었다. 민서는 콧바람을 내뿜으며 침대로 달려가 엄마의 다리를 두 손으로 쥐고 흔들었다. 다친 입술과 이까지 흔들리도록, 세게.

"피자 시켜 줘! 배고파! 먹을 거 없어!"

"피자는 엄마가 딸한테 시켜 주는 거지. 더구나 딸이 이렇게 아픈데. 빵점 엄마네."

민서는 가짜 엄마가 빵점이면 됐지 뭘, 대꾸하려다가 말았다.

진짜 엄마인 그쪽 분의 점수도 훌륭하지는 않거든요, 하는 말도 참았다. 커튼 틈으로 스며드는 희미한 햇볕 아래, 엄마의 얼굴이 피곤해 보였기 때문이다. 죽도록 고단해 보인다. 이미 죽은 사람이 아닌가 싶도록 말이다. 민서는 겁이 덜컥 났다. 엄마를 계속 흔들었다. 살아 있는 거야? 죽은 거 아니지?

"그만 흔들어. 골 울려."

죽지는 않았구나. 민서는 어쩐지 안심하며 침대에 앉았다. 수면바지 주머니에서 엄마의 휴대폰이 울었다. 보나 마나 까 부장이겠지. 확인하니 아니나 다를까, 까 부장이다.

— 윤 과장, 내 근무 상황 기록부 어딨냐니까!

이런 미친! 당신 기록부인지 일기장인지를 왜 윤 과장한테서 찾아!……라고 쓴 것 같은데 정신을 차리니 그걸 알면 제가 까 부장이게요, 하고 부들대며 적고 있지 않나. 전송 버튼까지 달릴까 말까 고민이 극심한데 두 가지가 떠올랐다. 하나는 사흘 동안 치킨버거를 굶은 연희보다 더 지친 엄마. 다른 하나는 꽤 괜찮은 자리의 번호가 적힌 티켓. 민서는 어른스럽게 어깨를 들썩이고는 메시지를 이렇게 수정했다.

― 몰라요.

그 즉시 오는 답.

― 그걸 당신이 모르면 누가 알아! 내가 관리 잘하라고 했잖
아!

당신? 당시이인? 피가 솟구쳤다. 당신이 무슨 권리로 우리 엄
마한테 당신이래? 아빠도 엄마에게 쓰지 않는 다정한 말이거
든?

까 부장 따위 입이랑 손가락이랑 꿰매 버리고 엄마랑 나랑
알바라도 하잘까 싶은데, 엄마는 잠들었다. 미간에 주름을 잡은
채 아기 옹알이처럼 끙끙거리며 잔다. 다친 데가 아픈가. 입술
의 상처는 쉽사리 딱지가 앉지 않고, 움직일 때마다 피가 배어
나온다. 다른 데도 아픈 것일까. 입술보다 깊고 어두워서 잘 보
이지 않는 곳, 이를테면 마음이나 심장 같은.

휴대폰을 이불 밑에 묻었다. 까 부장을 파묻는 심정으로. 이
불을 깔고 앉으니 엉덩이로 진동이 전해져 온다. 깊고 어두운
곳에서 쿵쾅거리는 지진 같다. 민서는 휴대폰을 칼처럼 뽑아 들
고는 카톡 대화창으로 진격했다. 어차피 나는 빵점짜리 가짜 엄

마니까, 게다가 이번 시즌은 대놓고 내 멋대로니까.

― 나 혜정이 에밉니다.

외할머니 말투를 흉내 냈는데 그럴듯한가. 1 표시가 사라졌
는데도 답이 없다. 이 말투가 아니었나? 앗, 답 왔다.

― 어머님이 어쩐 일로?
― 우리 딸이 아파서 답을 못 한다우.

못 한다우? 이건 너무 증조할머니 느낌인데? 아차 싶었지만
전송 버튼을 누른 다음이었다. 1이 사라지고 잠잠한 대화창. 드
디어 퇴치한 건가, 까 벌레. 착각이었다. 전화가 온다. 화면에 뜨
는 이름, 까! 가슴이 두근거렸다. 전화가 끊기더니 다시 온다. 민
서의 손이 민서에게 묻지도 않고 거절 버튼을 누른다.

― 왜 안 받아? 발이 저리지 손은 멀쩡할 텐데? 에미는 개뿔,
당신 윤 과장이지!

왜 이렇게 끈질겨, 이 사이코. 민서는 휴대폰을 내던지고 싶

었지만 여기까지 흘러온 상황을 어떻게든 수습해야 했다. 까 부장의 도발에 응전하려면 민서는 자신이 누구인지 정체성부터 정립해야 했다. 이랬다저랬다 갈팡질팡하면 모양 빠지니까. 아무래도 엄마 노릇은 낯설고 서투르고 닭살 돋는다. 이제까지 해온 대로 딸 노릇이나 해야겠다.

— 사실 저, 엄마 딸이에요.
— 이젠 또 딸이라고? 미치겠네. 당신 윤 과장 맞잖아!

미치겠다니, 이미 미치신 줄로 압니다만. 전화가 온다. 엄마가 코를 곤다. 민서는 자기 방으로 갔다. 등으로 문을 밀어 닫으면서 전화를 받는다.

"네, 엄마 딸 이민서입니다!"

침묵이 이어지더니,

"이번엔 진짠가 보네?"

"저 진짜 우리 엄마 딸이구요, 엄마 아파요. 자요."

"사람이 아파도 할 일은 해야지. 이렇게 바쁜데 휴가도 사흘이나 얻은 사람이."

"사람이 바빠도 아플 건 아파야죠. 이렇게 아픈데 휴가도 사흘밖에 못 얻은 사람이."

"뭐? 뭐? 지금, 뭐?"

"그냥 제 의견이에요. 오해하실까 봐 다시 말하지만 저는 엄마 딸 이민서예요. 우리 엄마 윤혜정 씨가 아니라."

"민서고 혜정이고 나발이고, 너 몇 살이야? 몇 살인데 어른 말에 따박따박 말대꾸나 하고, 부모한테 그렇게 배웠어?"

"모르시겠지만 제 부모님 중 한 분은 현재 고양이고요."

"뭐? 고양이? 뭔 헛소리야!"

"아시다시피 또 한 분은 아파요. 그래서 제가 배울 걸 못 배웠나 보네요. 아저씨는 자식 교육 잘 시키고 있죠? 자기 물건 아저씨한테 와서 막 내놓으라고 떼쓰고 그러면 엉덩이를 까 주고 있죠?"

"뭐? 까? 어딜 까? 이게 어디서 건방지게!"

뭐야, 이 아저씨. 당황하면 한다는 소리가 '뭐, 뭐'뿐인 하수잖아. 이렇게까지 할 생각은 아니었지만 일은 벌어졌다. 인생은 행동이고 실전인 법. 엄마의 창백한 얼굴과 아름다운 티켓이 눈앞에 어른거린다. 어디에서 맺고 끊을지 결정할 순간이다. 우리 엄마, 정말 잘릴까. 딸이 상사한테 건방지게 대들었다는 죄목으로? 민서는 입술을 깨물었다. 그렇게 된다면 책임을 지기로 마음을 정한다. 그러자 용기가 솟았다.

"저기요, 아저씨."

"나 가성태 부장이야!"

조그만 회사 부장이 무슨 거대 제국의 황제라도 되는 모양이다. 잘나셨어요, 그나마도 낙하산 주제에.

"까…… 가 부장 아저씨. 우리 엄마한테 카톡 좀 그만 보내세요. 아저씨가 보낸 거 제가 쭉 읽어 봤거든요? 보니까 이건 아니지 싶은 내용이 많더라고요. 인신공격, 성희롱, 그런 거요."

"뭐? 무, 무슨 말도 안 되는 소리야!"

까 부장이 호통을 쳤다. 그러면 그럴수록 민서는 침착해졌다.

"아, 무슨 말인지 잘 모르시는구나. 그럼 이해를 돕기 위해, 말도 안 되는 소리를 찾아서 읽어 드릴게요."

엄마의 스마트폰을 침대에 놓고 앉아 스피커폰으로 전환했다. 그리고 대화창을 손가락으로 올리며 내용을 뒤졌다.

"시작할게요! '당신 머리는 엉덩이야? 그런 것도 미리 생각을 못해 놓게?' 작년 9월 17일 오후 8시 48분. '스타킹 올 나갔어. 정신도 올 나간 거 아닌가 살펴봐.' 이건 10월 8일 오후 12시 39분. '아까 내가 한 말은 사장님께 함구해. 나도 생리를 하나 기분이 오락가락할 때가 있으니까.' 12월 31일 오후 7시 44분. 어때요? 이 정도면 인신공격에 성희롱 맞지 않을까요?"

"……이봐요, 따님."

"이런 건 누구한테 일러야 돼요? 국민신문고? 인권위? 방송국? 가르쳐 주세요. 아저씨 머리는 엉덩이가 아닐 테니까."

"윤 과장을 워낙에 아껴갖고 편하게 한 말이지, 다른 뜻은 없었어요. 윤 과장은 배포가 넓으니까 내 농담까지 일일이 다 오해하지는 않을 거라 믿어요. 엄마 간호 잘해요. 공부 열심히 하고, 파이팅!"

전화가 끊겼다.

민서는 침대에 올라가 정수리가 천장에 닿을까 말까 뛰어올랐다. 콘서트장에서 두 손 높이 들고 뛰듯이. 이겼다! 퇴치했다! 그러자마자 마음속에서 울리는 목소리. 이긴 거 맞아? 그래 봤자 결국에는 질걸? 민서가 통쾌한 기분 좀 느껴 보겠다고 제 멋대로 제 맘대로 군 결과, 엄마는 회사에서 잘릴지도 모른다. 아빠가 좋아하는 말, '전투에서는 이기고 전쟁에서는 진다.'가 떠올랐다.

바닥으로 내려와 침대에 등을 기대고 앉는다. 잘리면 뭐! 그래서 뭐! 결심하지 않았는가, 엄마가 회사에서 쫓겨나면 콘서트 티켓을 내놓기로. 환불한 돈으로 쌀을 사기로. 가슴이 무너진다. 저리고 쓰리다. 유치원 동창한테까지 자랑했는데. 다이어리에 티켓 붙이고 소감 쓸 특별 공간까지 마련해 놨는데.

안방으로 간다. 머리맡에 서서 엄마를 내려다본다. 이상한 일이었다. 그 순간만큼은 꼭, 엄마의 엄마가 된 느낌이 들었다. 징그럽지 않았다. 그러니까 좀, 뭐랄까, 좀…….

현관문 비밀번호를 누르는 소리가 들린다. 민서는 거실로 나갔다.

"오늘, 반차."

아빠가 현관에 서서 신발을 벗으면서 말한다.

"왜 갑자기?"

"당분간 고양이니까. 사람처럼 일할 수는 없지."

"언제까지 고양인데?"

"삼치골목 가서 삼치구이 세 마리 먹을 때까지. 고양이한테는 생선이잖아."

"먹으러 갈래?"

"엄마는?"

"자."

그 순간, 가슴속에서 지진처럼 발생한 감정이 민서를 등 떠밀었다. 아빠에게 다가가 물렁한 허리를 끌어안고 딱딱한 가슴에 얼굴을 묻는다. 이런, 이번에는 아빠의 엄마가 된 기분이 든다. 우리 야옹이. 까 부장처럼 이상한 소리 하고 다니면 안 되는데. 호랑이 앞의 고양이처럼 주눅 들어도 안 되는데.

아빠는 놀란 듯했지만 민서의 등을 토닥거렸다.

"막 기분이 이상해. 엄마랑 아빠를 보니까 자꾸…….."

민서는 말을 잇지 못했다.

아빠가 다 안다는 듯 민서의 정수리에 턱을 괸다. 앞발로 주인을 위로하는 고양이처럼.

"민서야. 우리 노래방 갈까?"

"삼치는?"

"내일 엄마랑 다 같이 먹자. 내일쯤엔 엄마도 괜찮아질 거야."

"그럼 아빠, 일단 오늘까진 고양이인 거지?"

"야옹!"

민서는 방으로 가서 엄마의 목까지 이불을 끌어당겨 덮어 주었다. 그리고 문을 닫고 나오며 결심했다. 내일 삼치를 먹기 전까지는 엄마의 엄마로 있기로. 그 엄마가 진짜든 가짜든.

두 번째, 앙상블을 응원하며

이 자리를 빌려 고백한다.

엄마, 옛날에 엄마 사진 숨긴 거 저였어요. 엄마는 기억도 못할 일이겠지만요.

때는 바야흐로 나의 미취학 아동 시절로 거슬러 올라간다. 어느 날 나는 엄마에게 혼이 났고, 화가 났다. 나도 엄마를 혼내주고 싶었다. 엄마가 외출하자 좋은 생각이 떠올랐다. 화장대 위에 놓인 엄마의 사진을 침대 밑 잡동사니 틈에 숨겼다. 꿩 대신 닭이 아니라 엄마 대신 엄마 사진인 셈이었다. 진짜 엄마는 침대 밑에 쑤셔 넣기에는 너무 컸으니까.

나는 엄마가 나를 이해하지 못한다고 생각했다. 어느 정도는 사실이었으리라 본다. 엄마한테는 나 말고도 딸이 둘이나 더 있었고 어디 그뿐인가, 남편에 시어머니까지 있었다. 나는 도수도 맞지 않는 큰언니 안경을 주워 쓰고서 사방을 두리번거리는 아이였고, 아파트 화단의 철책 양쪽에 징검다리처럼 줄을 걸친 다음 고무줄놀이를 했고, 내가 요정들이 득실대는 아늑한 동굴에서 산다고 상상했다. 보통 아이였다는 뜻이다. (그 무렵에는 흔히들 그러지 않나? 하하.) 보통이든 보통이 아니든, 엄마는 막내딸의 심술과 외로움까지 시시콜콜 들여다볼 만한 여유가 없었다.

몇 년 전, 나는 엄마가 나를 낳았을 때와 같은 나이가 되었다. 기분이 이상했다. 우리 둘의 삶이 긴 세월을 돌아 한 지점에서 만났다는 느낌이랄까. 내 나이 무렵이었던 그때의 엄마를 조금은 이해하게 되었다.

이제 엄마는 일흔이 넘었다. 언제쯤에나 지금의 엄마를 이해하게 될까? 또 그 나이가 되어서야 꿈꿔 볼 일일까. 지금까지 엄마가 지나온 삶, 내가 거기까지 걸어가야 할 시간을 생각하면 마음이 복잡해진다.

몇 년 뒤, 나는 사진 속 엄마와 비슷한 나이가 된다. 붉은 덩굴장미 옆에 서서 웃던 엄마, 먹빛과 물빛이 섞인 듯 아슴푸레한 치마에 진달래 빛깔 저고리 차림이었다.

엄마, 지금 와서 하는 말이지만요, 그때 엄마 참 예뻤어요. 고마워요. 그냥, 왜냐고는 묻지 마시고요.

어느, 봄
하유지

벙커의 아이

+

정명섭

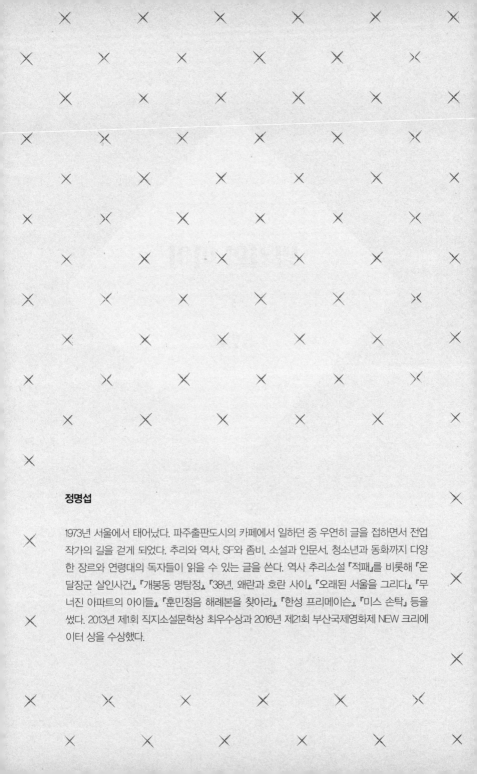

정명섭

1973년 서울에서 태어났다. 파주출판도시의 카페에서 일하던 중 우연히 글을 접하면서 전업 작가의 길을 걷게 되었다. 추리와 역사, SF와 좀비, 소설과 인문서, 청소년과 동화까지 다양한 장르와 연령대의 독자들이 읽을 수 있는 글을 쓴다. 역사 추리소설 『적패』를 비롯해 『온달장군 살인사건』, 『개봉동 명탐정』, 『38년, 왜란과 호란 사이』, 『오래된 서울을 그리다』, 『무너진 아파트의 아이들』, 『훈민정음 해례본을 찾아라』, 『한성 프리메이슨』, 『미스 손탁』 등을 썼다. 2013년 제1회 직지소설문학상 최우수상과 2016년 제21회 부산국제영화제 NEW 크리에이터 상을 수상했다.

— 내 이름은 남성욱, 올해 중2고 별명은 '벙커 보이'다. 한국에서 태어났다. 애들은 영어 한 마디 제대로 못하는 내게 영어 별명을 붙인 게 조금 민망했는지 '벙커의 아이'라고 영어와 한국어가 짬뽕이 된 별명도 붙였다. 그게 그거지만. 웬만한 어른들도 슬슬 피한다는 그 중2지만 나에게도 고민이 하나 있다. 바로 내년에 중3이 되고 싶다는 것이다. 문제는 그때까지, 이 세상, 혹은 지구가 존재할 것 같지 않다는 것이다. 그래서 결심했다. 세상이 멸망해도 살아남을 수 있을 만한 나만의 공간을 만들기로 말이다. 왜냐하면 나는 계속 성장하고 싶기 때문이다. 그래서 사람들은 나를 벙커 보이나 벙커의 아이라고 부른다. 비

웃기 위한 별명이었지만 나는 안다. 종말의 순간, 모두가 벙커를 가진 나를 부러워할 것이라는 사실을 말이다.

이야기를 끝내고 조심스럽게 휴대폰의 녹음 정지 버튼을 터치했다. 불을 끄고 이불을 뒤집어썼지만 아버지에게 들킬 수도 있었기 때문이다.

귀가 얇고 우유부단한 성격의 아버지는 항상 유행에서 한발 뒤처졌다. 그래서 남들이 재미 보고 있던 마라탕이라든지, 흑당 버블 음료 사업에 뒤늦게 뛰어들었다가 실패를 맛봤다. 일부 마라탕 전문점에서 유해 식품을 사용한다는 의혹이 탐사 보도 프로그램에 방송되고 얼마 후 아버지는 마라탕 전문점을 접었다. 몇 개월 뒤 모든 자금을 끌어 모아 흑당버블 전문점을 열었지만 오픈 직후 코로나19 바이러스가 전 세계에 퍼지면서 그 흔한 오픈발도 누리지 못한 채 문을 닫고 말았다.

연거푸 사업에 실패하고 신용불량자가 된 아버지는 매일 술을 마시고 들어왔다. 그러면서 자길 배신한 친구들과 월급만 축내던 직원들을 욕했다. 할머니에게는 사업 자금을 대 주지 않았다며 부도의 책임을 돌렸다. 자신의 뒷바라지를 해 주지 않았다는 이유로 어머니에게는 짜증을 내기 시작했고, 공부를 제대로 못한다는 이유로 나에게 욕설을 퍼부었다.

그러던 어느 날 어머니가 집을 나가 버렸다. 어머니는 나름 이런저런 일을 해 오다가 언젠가부터 사이비 종교 단체가 주도하는 다단계 사업에 매진했다. 집 안에는 옥장판이나 건강보조 식품 같은 것들이 쌓이기 시작했다. 결국 어머니는 아버지와 크게 다투고는 집을 나갔다.

어머니가 출근하던 다단계 사무실까지 쫓아갔다가 빈손으로 돌아온 아버지는 술 취한 목소리로 외쳤다.

"이놈의 세상, 콱 망해 버렸으면 좋겠다."

그날 밤, 나는 꿈을 꾸었다. 이상한 병에 걸려서 좀비처럼 변한 사람들이 몰려다니고, 하늘에서 시뻘건 별똥별 같은 게 떨어져서 온 세상을 불태워 버렸다. 아비규환이 되어 버린 세상 속에서는 나를 괴롭히던 학교 아이들과 아버지 그리고 날 떠난 어머니가 보였다.

이불을 흠뻑 적실 정도로 땀을 흘리면서 잠에서 깨어났다. 나는 곧장 창가로 달려가 문을 열었다. 늦은 봄의 쌀쌀한 바람 사이로 세상의 냄새가 느껴지자 두근거리던 가슴이 진정되었다. 하지만 그때 새벽의 희미한 어둠을 뚫고 유성 같은 것이 지상으로 떨어졌다. 유성은 지상에 닿기 전에 소멸했지만 만약 지상과 충돌했다면 어떤 일이 벌어졌을지 상상하자 두려운 생각이 들었다.

나는 살고 싶었다. 살아서 중3이 되고, 고1이 되고 싶었다. 그래야만 내 곁을 떠난 어머니와 다시 만날 수 있을 것 같았기 때문이다.

아버지에게 맞아 멍 든 눈으로 한동안 거울을 들여다보던 어머니는 마트에 간다며 장바구니를 들고 집 밖으로 나갔다. 이유를 알 수 없는 불안감에 마당까지 따라 나가자 대문을 열던 어머니가 돌아서며 힘없이 말했다.

"성욱아. 마트 갔다 올게."

"나도 같이 가."

"꼭 돌아올 테니까 그때까지 기다려."

어머니는 내가 대답하기도 전에 대문을 닫고 나갔다. 그리고 다시는 돌아오지 않았다.

어머니가 떠나고 아버지는 더욱더 심하게 망가졌다. 그때부터 나는 현실을 부정하기 시작했다. 어릴 때 아버지, 어머니와 화목하게 지냈던 그 시절만을 떠올렸다. 그래야만 이상한 종교에 빠져서 나를 버린 어머니와, 툭하면 욕설을 내뱉던 아버지를 잊을 수 있었다. 무엇보다 어머니와 몰래 연락하고 있는 거 아니냐며 내 휴대폰을 빼앗아 들여다보는 아버지를 잊을 수 있었다.

나는 언제 멸망할지 모를 세상에 대비해야 한다는 상상을 하며 고통스러운 현실에서 벗어나고 싶었다. 곧 나는 학교에서 말이 없는, 조용한 아이가 되었다.

담임선생님은 나를 보고 이렇게 말했다.

"너는 성장이 멈춰 버린 것 같구나."

아무도 나에게 관심이 없었다. 학교 일진 철준이만 가끔 날 괴롭혔지만 그 정도는 참을 만했다. 그렇게 나는 성장이 멈춘 아이로, 유령 같은 존재가 되었다.

그 아이가 말을 걸기 전까지 말이다.

"너 생존충이라면서?"

별로 얘기를 나눈 적이 없던 진한이가 말은 건 것은 여름 방학 직전이었다. 수업이 끝나면 집이나 학원으로 가기 위해 아이들이 썰물처럼 빠져나갔다. 그때가 학원도 다니지 않고 곧장 집에 가지도 않았던 나만의 쉬는 시간이었다.

여느 때처럼 필요한 물품들을 수첩에 적고 있는데 진한이가 불쑥 말을 건 것이다. 황급히 수첩을 덮은 나는 창가에 기댄 채서 있는 진한이를 올려다봤다. 중2답지 않게 큰 키였지만 체구가 마르고 가늘어서 바람이 불면 날아갈 것 같았다. 그 애는 턱이 좀 길었고 머리카락은 파마를 해 구불구불했다. 그에 비해 작고 뚱뚱한 나와는 정반대였다.

진한이는 두 달 전쯤 전학을 왔다. 성적은 중상위권이었고,

91

집도 제법 사는 편이라서 나와는 접점이 전혀 없었다. 심지어 같은 반도 아니었다.

뜬금없는 질문에 난 고개를 젓고는 짧게 대답했다.

"생존충이 아니라 프레퍼 족이야."

"그래? 철준이가 생존충이라고 해서……. 미안."

"괜찮아. 걔는 날 싫어하거든."

"왜?"

진한이의 질문에 나는 어깨를 으쓱거렸다.

"다들 자기랑 친하게 지내려고 하는데 나만 거리를 두니까, 자존심이 상했나 봐."

"걔 말은 네가 벙커에 이상한 걸 가져다 놨다고 하던데?"

"벙커 같은 건 없어, 물론 걔는 그 말을 안 믿지만."

"그래서 벙커를 더 찾나 봐."

내가 무슨 뜻이냐는 눈빛으로 올려다보자 진한이가 나처럼 어깨를 으쓱거렸다.

"벙커만 찾으면 너를 휘어잡을 수 있다고 생각하나 봐. 거기다 자기 패거리 아지트로 삼을 수 있고 말이야. 어쨌든 반가워."

"뭐가?"

내 반문에 진한이는 대답 대신 휴대폰을 내밀었다. 슬쩍 들여다보자 '프레퍼 족 TV'라는 타이틀과 함께 유튜브 채널이 재생되었다. 종말을 대비한 해외 프레퍼 족이 태양열 발전기를 설치하고, 그걸로 물을 모아서 닭과 물고기를 키우는 장면이었다. 물고기의 배설물을 걷어서 다시 닭에게 먹이는 식이었다.

"우와!"

생각지도 못한 방식에 내가 놀란 표정을 짓자 진한이가 어깨를 으쓱거리면서 말했다.

"이건 '아쿠아포닉'이라는 기술이야."

"물을 이용하는 거야?"

내 물음에 진한이가 옆자리에 자연스럽게 앉으며, 휴대폰을 책상 위에 올려놓았다.

"정확히 말하면 재사용하는 거지. 아포칼립스 상황이 터지면 가장 먼저 부족해지는 게 물이라서 말이야."

"그렇긴 하지."

"이 방식은 태양열을 이용해. 태양을 이용해서 물을 만들고, 그걸로 식물을 키우는 데 쓰는 거지. 그리고 그 물을 다시 수영장으로 보내."

"수영장?"

진한이는 유튜브 영상을 뒷부분으로 빨리 돌렸다. 태양열 전지판이 설치된 지붕 아래 커다란 수영장이 보였다. 수영장 위쪽 절반에는 널빤지 같은 걸로 덮여 있었고, 그 위에 닭들이 돌아다녔다. 내가 흥미로워하자 진한이가 말했다.

"수영장 위쪽 절반은 닭을 기르는 공간이야. 매일 신선한 달걀을 얻을 수 있고, 때에 따라서는 고기도 얻을 수 있지. 그리고 그 닭의 배설물은 물속의 물고기 먹이가 돼."

"완전 재활용이네?"

내 말에 진한이가 고개를 끄덕거리며 설명을 이어갔다.

"물고기의 배설물은 다시 식물의 비료로 사용되지. 그러니까 일정량의 물만 공급되면 영구적으로 식량을 확보할 수 있는 셈이야."

"비상 상황에서 꽤 유용하겠네. 이걸 어디서 찾았어?"

"이 사람 유튜브 채널이 꽤 유명해. 다른 것도 보여 줄까?"

"응."

진한이가 그다음으로 보여 준 영상도 흥미로웠다. 나무를 태워서 엔진을 돌리는 목탄차와 비닐봉지 같은 걸로 물을 모으는 방법이었다. 그리고 비상사태를 대비한 사격법과 주변 식물을 모아서 섭취하는 방법도 알려 주었다. 너무 흥미로워서 시간이 어떻게 지나가는지도 몰랐다. 영상이 다 끝나자 진한이가 말했다.

"너도 이쪽에 관심이 있다고 해서 찾아왔어."

나는 대답 전에 주변을 한번 돌아봤다. 요즘 학교에서는 조금만 이상해도 '충'자를 붙여 가면서 놀리거나 왕따 만드는 일이 많았다. 나야 늘 당해 왔던 거라 익숙하지만 혹시나 지금 준비하는 일이 어그러질까 봐 걱정되었다. 다행히 주변에는 아무도 없었다.

"관심이 있긴 해."

"왜?"

"지구가 나날이 망가져 가고 있잖아. 좀비들이 언제 나타날지도 모르고. 거기다 버튼만 누르면 지구를 몇 번이나 박살내고도 남을 핵무기들이 넘쳐나고 있어."

나는 숨도 쉬지 않고 단숨에 지구가 멸망할 수밖에 없는 원인들을 들려줬다. 아버지는 물론이고, 다른 애들도 이쯤 들으면 모두 '이거 미친놈 아니야.'라는 생각을 얼굴에 드러낸다. 하지만 진한이는 달랐다.

"나도 같은 생각이야. 오존층이 파괴되면서 남극과 북극의 빙하가 녹고 있잖아. 이러다가 갑자기 상황이 악화되면 문명은 한순간에 끝장나고 말거야."

"좀비가 있다고 믿어?"

"지금은 없지만 조만간 나타날지도 몰라. '배스 솔트'라는 마약 알아?"

알고 있었지만 모른 척 고개를 저었다. 그러자 진한이가 진지한 표정으로 말했다.

"미국에서 나온 합성 마약인데 이걸 복용하고 다른 사람들을 공격한 사례들이 나왔어."

"어디서?"

"2012년과 그다음 해에 마이애미에서, 그리고 우리나라에서도 그런 일이 있었어."

"정말?"

"2017년에 베트남 관광객이 배스 솔트에 취한 상태로 가정집에 침입해 일가족을 물어 버린 사건이 있었어."

진한이가 제법 전문가처럼 보여 나는 말없이 고개를 끄덕였다.

"거기다 환경오염이 심해지고, 새로운 바이러스가 계속 나타나잖아. 언젠가는 좀비들이 나타날지도 몰라. 어쩌면 아주 가까운 시일 안에 말이야."

"그래서 종말 이후를 대비하는 거야?"

내 물음에 진한이가 고개를 끄덕거렸다. 나와는 다른 이유였지만 목적은 같았던 셈이다.

"언제부터 그런 생각을 했는데?"

질문을 받은 진한이는 어깨를 으쓱거렸다.

"오래전부터."

"그럼 뭘 준비하려고 하는데?"

진한이의 표정을 살펴봤다. 가끔 나를 놀리려고 이런 식으로 얘기하면서 접근한 애들이 많았기 때문이다. 철준이 패거리들도 종종 그랬다. 하지만 몇 번만 얘기를 나눠 보면 거짓말인 걸 알아차릴 수 있었다. 별로 친하지도 않았던 진한이가 내게 그럴 이유는 없을 것 같았다.

"종말 이후에도 살아남아야 하잖아. 비상 생존용 물품은 준비했는데 그걸로는 모자라지."

"맞아. 그건 이동할 때 도움이 되는 거지. 장기전에는 불리해."

"그래서 말인데……."

진한이가 눈빛을 반짝거리면서 얘기하려는 찰나, 앞문이 드르륵 소리를 내면서 열렸다. 난 그 소리를 듣고 누군지 단번에 알아차릴 수 있었다.

"야! 뭔 얘기 하냐?"

철준이가 거들먹거리면서 자신의 동선을 방해하는 책상과 의자를 밀고 다가왔다. 속으로 일찍 튀어서 어디로 짱박혔어야 했다는 후회가 들었지만 이미 늦고 말았다. 내 책상에 엉덩이를 걸치고 앉은 철준이가 우리를 내려다봤다.

철준이는 1년을 꿇어 우리보다 한 살이 더 많았다. 덩치가 컸던 데다, 유도를 배운 덕분에 싸움도 잘했다. 패거리를 끌고 다니면서 삥 뜯었지만 공부도 그럭저럭 했고, 선생님에게만큼은 반항하지 않아서 학교에서는 손 댈 이유가 없었다.

언젠가 내가 철준이한테 시달리다 참지 못하고 선생님을 찾아가 하소연한 적이 있었다. 그때 선생님은 철준이가 눈에 띄는 말썽만 피우지 않는다면 어떻게 할 수 없다고 말했다.

학교가 학생들을 지켜주지 못하겠다니. 이 빌어먹을 세상이 망할, 또 하나의 징조였다.

"아씨! 무슨 얘기 하냐니까?"

내가 생각에 잠겨 대답하지 못하고 있던 순간, 철준이가 책상을 발로 밀면서 화를 냈다. 책상이 털컹거리며 움직이는 바람에 수첩이 철준이 발 앞으로 떨어졌다. 얼른 허리를 숙여서 수첩을 집으려던 내 손등을 철준이가 발로 밟았다.

"아아!"

내가 깜짝 놀라 손을 빼자 철준이가 냉큼 수첩을 집었다.

"요즘은 또 무슨 몽상에 빠져 있으시나?"

"이리 줘."

"요즘 많이 컸네. 반항도 하고 말이야."

비릿한 웃음을 남긴 철준이가 수첩을 넘기면서 그 안에 적힌 걸 하나씩 읽었다.

"정수 빨대나 정수 알약, 물을 정수할 때 반드시 필요함, 라이트 스틱은 불을 피울 때 필요한 것으로 가급적 성능 좋은 미국 제품을 손에 넣을 것, 라이트는 작고 광량이 큰 군용 소형 라이트를 준비할 것."

수첩에 적힌 내용을 또박또박 읽던 철준이가 코웃음을 쳤다.

"야! 전쟁 나가냐?"

전쟁보다 더한 상황을 준비하고 있는 거라고 얘기하려다 포기했다. 철준이가 알아들을 리도 없고, 알아듣는다면 그건 그것대로 문제가 될 게 뻔했기 때문이다. 내가 침묵하자 철준이가 다시 책상을 발로 찼다.

"야! 남성욱! 내 말이 말 같지 않아?"

"응!"

옆에 앉아 있던 진한이가 불쑥 끼어들어서 대답하는 바람에 갑자기 분위기가 싸해졌다. 그냥 좀 시달리고 몇 대 맞으면 금방 끝날 텐데 괜히 진한이가 나서는 바람에 철준이의 심기를 건드린 것이다. 아니나 다를까 철준이가 벌떡 일어났다.

"지금 뭐라고 했어?"

"같은 학생들끼리 이렇게 괴롭혀도 되는 거야? 내가 전학 와서 계속 지켜봤……."

진한이의 다음 말은 이어지지 못했다. 철준이가 진한이를 발로 걸어찼기 때문이다. 턱을 세게 맞은 진한이는 그대로 뒤로 넘어졌다. 우당탕 소리와 함께 넘어진 진한이가 축 늘어졌다. 그 모습을 본 철준이의 얼굴에 당황한 티가 확연했다.

"아씨, 재수 없게. 야! 우리 여기 없었다."

철준이가 패거리들을 데리고 교실을 빠져나갔다. 나는 어찌 할 바를 몰랐다.

"어쩌지?"

발을 동동 구르면서 진한이를 내려다보고 있는데 갑자기 진한이의 눈이 떠졌다.

"으아악!"

마치 좀비가 눈을 뜨는 것 같았다. 내가 너무 놀라 뒷걸음질 치면서 그대로 엉덩방아 찧는 걸 보고 진한이가 씩 웃으며 물었다.

"어땠어?"

"괘, 괜찮아?"

"그럼, 이 정도 가지고 뭘."

몸을 일으켜 의자에 앉은 진한이가 어깨를 툭툭 털었다. 그제 야 안도의 한숨이 나왔다.

"진짜인 줄 알고 놀랐잖아."

"어릴 때 연기학원 좀 다녔어."

"진짜?"

"아역으로 잠깐 공중파에도 나왔지."

"우와! 쩐다. 근데 지금은 왜 안 나와?"

"사정이 있었어. 아무튼 당분간은 우리 못 괴롭히겠지?"

"철준이? 아마도."

"내가 내일 머리에 붕대 감고 올게. 그럼 더 겁낼 거야."

"너 머리 진짜 좋다."

내가 감탄하자 진한이가 이쯤이야, 하는 표정을 짓고는 곧바로 눈빛을 반짝거렸다.

"홍대에 서바이벌 용품점이 새로 생겼다는데 가 볼래?"

"어디에?"

"산울림 소극장 쪽에. 용산에 있던 매장이었는데 옮겨 왔대."

"홍대면 금방이네."

집에 일찍 가 봤자 기다리는 건 할머니의 신세 한탄과 아버지의 잔소리 섞인 술주정뿐이었다. 내가 알겠다고 고개를 끄덕거리자 진한이도 웃으며 따라 일어났다.

홍대에 갔다 집으로 돌아왔다. 나는 술 취해 코 골며 자고 있는 아버지를 깨우지 않으려고 안방 앞을 살금살금 지나 내 방으로 들어왔다. 이불을 뒤집어쓰고는 휴대폰을 켜 녹음을 시작했다.

― 오늘 학교에서 재밌는 일이 있었다. 종말에 관심이 있는 아이가 나 말고 또 있었던 거다. 그 애는 프레퍼 족도 알고 있었고 유튜브로 관련 자료까지 척척 찾아냈다. 서바이벌 용품점에 가서는 십만 원이 넘는 멀티 툴을 진짜 사려고 했다. 그 애는 단순히 호기심이 많은 걸까? 아니면 나처럼 진짜 종말에 관심이 있는 걸까? 앞으로 계속 지켜볼 것.

곧 나는 진한이와 친하게 지내기 시작했다. 중학교에 올라와서 누군가와 가깝게 지낸 적이 없다 보니, 가끔 내가 짜증을 내거나 꽁해 있을 때마다 진한이는 잘 참고 넘어가 줬다. 철준이는 자기가 진한이를 기절시켰다고 믿고 있어서인지 한동안 우릴 괴롭히지 않았다. 그야말로 평온한 시기였다. 수업이 끝나면 나는 진한이와 유튜브로 프레퍼 족 방송을 찾아보고 함께 종말이나 미스터리 얘기를 했다.

"야! 옛날에 서울에 UFO 나타났던 거 알아?"

학교 수업이 끝나고 운동장 벤치 한쪽 구석에서 얘기하던 중 진한이가 불쑥 얘기를 꺼냈다.

"UFO가 서울에?"

내가 되묻자 진한이가 고개를 끄덕거리고는 휴대폰을 들이밀어 유튜브 영상을 보여 주었다.

"1976년 10월 14일 오후 6시에서 8시 사이 서울 상공에 UFO
가 나타났었어."

"진짜?"

"여기 봐."

휴대폰 액정에는 서울 상공에 나타났다는 UFO에 관한 설명
이 나오고 있었다. 나는 입을 다물지 못했다.

"와! 정말이네. 한두 대도 아니고 열 대씩이나?"

"그렇다니까, 청와대 쪽으로 움직여서 발칸포가 대공 사격을
했는데 하나도 맞추지 못했고, 오히려 지상으로 탄이 떨어지면
서 사상자가 발생했대. 그리고 이때 재미있는 일이 있었어."

"뭔데?"

"MBC 라디오 〈별이 빛나는 밤에〉라는 프로그램이 있었는
데, 진행자가 이수만이었거든."

"SM의 그 이수만?"

"응, 당시 생방송 중에 소식을 듣고는 서울 상공에 미확인 비
행물체가 나타났다고 방송을 했다는 거야."

"진짜 신기하네."

"더 신기한 건 눈에 보일 정도로 낮고 느리게 날아가는 UFO
를 발칸포로도 못 맞췄다는 거지. 그 와중에 한 시간은 그대로
더 있다가 사라져 버렸대."

"난리가 났겠네?"

내 물음에 진한이가 어깨를 으쓱 올렸다.

"난리 났었지. 한창 냉전 중이었고, 판문점 도끼 만행 사건이 벌어진 지 얼마 지나지 않았을 때라서 다들 북한군 전투기가 넘어왔다고 생각한 거야."

진한이의 얘기를 잠시 끊고 내가 물었다.

"냉전은 뭐고, 판문점 도끼 사건은 또 뭐야?"

"음…… 제2차 세계대전이 끝나고 미국을 중심으로 한 자유 진영과 소련을 중심으로 한 공산 진영이 서로 대립하던 시기를 말해. 각자 핵무기를 가진 상태라 함부로 먼저 공격할 수 없다 보니 서로 대치 중이었던 걸 '차가운 전쟁'이라는 뜻의 '냉전'이 라고 불러. 판문점 도끼 만행 사건은 1976년에 판문점에서 북한군이 미군을 도끼로 공격한 사건을 말해. 그런 상황에서 서울 상공에 이상한 비행물체가 나타났으니 사람들이 얼마나 놀랐겠어."

"그랬구나. 근데 그게 정말 UFO였던 거야?"

"사실 UFO는 그냥 미확인 비행물체를 뜻하기 때문에 꼭 외계로부터 날아온 물체를 의미하지는 않아. 하지만 당시 발칸포 사격에도 끄떡하지 않았고, 그런 와중에 계속 환한 빛을 낼 수 있었던 기술력을 보면 의심할 만하지."

"진짜 정체는 뭐였는데?"

"다음 날 정부에서는 미국 항공사의 화물기가 청와대 상공으로 잘못 진입했다고 발표했지. 하지만 목격자들은 절대로 비행기는 아니라고 입을 모았어. 진짜 비행기라면 발칸포가 날아오는데 그렇게 유유히 날아다닐 수는 없다고 하면서 말이야."

유튜브를 보면서 설명해 주는 진한이의 말에 나는 고개를 끄덕거렸다.

"진짜 미스터리네."

"나는 UFO가 미래에서 날아왔다고 생각해."

"그럼 외계인이 아니라 먼 미래의 지구인?"

"응, 우주는 엄청 넓고 거기 수많은 별들이 있는데 외계인들이 굳이 지구에만 이렇게 뻔질나게 드나들 이유가 없잖아."

"그렇긴 하지. 미래에서 관광이라도 온 걸까?"

분위기가 점점 이상하게 흘러가는 것 같아서 우스갯소리를 했지만 진한이는 눈빛을 번뜩이며 얘기를 계속했다.

"내 생각에는 말이야, 미래에 지구가 멸망하고 살아남은 소수의 생존자들이 과거로 와 보는 것 같아."

"에이, 그 정도 기술이 있으면 다른 별로 가서 살겠지."

"그래도 지구만 한 곳이 없을 거 아냐. 내가 보기에 지구는 오래 못 갈 것 같아."

"너도 징조가 보이지?"

진한이가 고개를 끄덕였다. 지구가 멸망할지도 모른다고 생각한 후로 자료를 찾아보면 찾아볼수록 절망적이고 두려웠다. 지구 온난화는 손쓰기 어려울 정도로 심해졌고, 사스부터 메르스와 코로나19까지 각종 바이러스들이 시도 때도 없이 발병했다. 지금까지는 어떻게든 대처했지만 어느 날 갑자기, 손쓸 수 없을 정도로 전염성이 강한 바이러스가 나타나면 인류 멸망은 시간문제였다.

무엇보다 어떤 바이러스가 만에 하나 사람을 좀비처럼 만든다면 최악의 상황을 맞을 것이다. 환경오염은 나날이 심해져서 바다 속 물고기조차 인간이 버린 쓰레기를 먹고 죽어 나갈 것이다. 그렇게 생태계가 파괴되면 인류는 멸망의 길을 걸을 수밖에 없었다. 알고 보니 인류의 멸망은 예정되어 있었던 거다. 우리 집안의 붕괴처럼 말이다.

그런 생각에 빠져서 멍 때리고 있던 순간, 내 쪽으로 축구공 하나가 날아왔다.

"위험해!"

진한이가 외칠 때 이미 축구공은 내 머리 옆을 스쳐 지나갔다. 뒤쪽 벽에 맞은 축구공이 하늘 높이 떠올랐다가 떨어졌다. 진한이가 벌떡 일어나서 주변을 돌아봤다.

"어떤 새끼야?"

진한이가 성난 목소리로 외쳤다. 마침 철준이가 패거리들과 함께 나타났다.

"나야."

며칠째 보이지 않던 철준이의 등장에 나는 바짝 긴장했다. 한 손에 축구공을 들고 나타난 철준이는 진한이를 힐끔 보더니 내 앞으로 공을 굴렸다.

"운동 좀 하고 그래라. 맨날 앉아서 잡생각만 하니까 등이 새 우처럼 굽어 있지. 안 그래? 새우깡?"

나에게는 벙커 보이나 벙커의 아이라는 별명 말고도 '새우깡' 이라는 별명도 있었다. 등이 굽은 채 다녀서인데 물론 그 별명 을 붙인 것도 철준이었다. 나는 지난번처럼 일이 복잡해질까 봐 진한이의 무릎에 손을 슬쩍 올리면서 말했다.

"알았어."

"그래, 잘 생각했어. 공 좀 차 봐."

그때 진한이가 벌떡 일어나 축구공을 뻥 차 버렸다. 허공으로 날아간 축구공은 운동장 거의 끝에 떨어졌다. 다들 벙 찐 표정 으로 축구공을 바라보고만 있었다. 순간 진한이가 내 손을 덥석 잡았다.

"튀어!"

일이 너무 커져 버렸다. 튀는 수밖에는 없었다. 철준이가 가만 안 놔두겠다고 고래고래 소리를 지르는 가운데 우리들은 교문 밖으로 헐레벌떡 도망쳤다.

"야! 거기서 그렇게 차 버리면 어떡해?"

교문을 벗어나자마자 나는 진한이의 손을 뿌리치며 소리쳤다. 그러자 진한이가 돌아서서 씩 웃으며 말했다.

"재미있지 않았냐?"

"내일은 어떡하려고?"

"그건 그때 일이고."

가끔 진한이는 나보다 더 몽상가 같을 때가 있어서 대책 없이 사고 칠 때가 많았다.

"미친 것도 아니고……."

화가 났지만 이미 엎질러진 물이라 어쩔 수 없었다. 진한이는 어깨를 한 번 으쓱이고는 골목길을 걸어갔다. 나도 어쩔 수 없지, 라는 의미로 진한이를 따라 어깨를 한 번 으쓱인 뒤 진한이를 따라갔다. 진한이는 내가 그럴 줄 알았다는 듯 환한 표정으로 돌아서면서 말했다.

"이번에 멀티 툴 하나 장만했는데 보여 줄까?"

"진짜 샀어? 그거 엄청 비쌌잖아."

"비상금 탈탈 털었어."

히죽, 웃은 진한이가 가방에서 멀티 툴 케이스를 꺼냈다. 어른들이 흔히 '맥가이버 칼'이라고 부르던 멀티 툴은 칼이나 펜치, 드라이버, 쇠톱 같은 공구들을 하나로 합친 도구 세트다. 주머니에 쏙 들어갈 정도로 작지만 다양한 공구들을 쓸 수 있어서 멀티 툴 하나만 있으면 어떠한 재난에도 살아남을 수 있을 것이다. 수입품은 십만 원을 훌쩍 넘어서 난 엄두도 내지 못하고 손가락만 빠는 중이었다. 진한이 찍찍이로 봉인된 케이스 커버를 열어 멀티 툴을 꺼냈다. 반짝이는 은색 자태가 내 입을 다물지 못하게 만들었다.

"우와!"

"잘 봐."

진한이가 멀티 툴의 손잡이를 펼치자 안에 감춰져 있던 펜치가 모습을 드러냈다. 철사를 조이거나 끊어낼 때 유용한 펜치는 벙커로 대피했을 때 여러모로 쓸모 있을 것 같았다. 손잡이 아래 부분에는 드라이버와 병따개, 쇠톱 날, 가위 같은 것들이 숨겨져 있었다. 나는 진한이가 여러 공구들을 하나씩 펼칠 때마다 감탄했다. 이거 하나만 있으면 나의 벙커 안 비치 물품 리스트가 완벽해질 것 같다는 생각이 들었다.

내 생각을 읽었는지 진한이가 자기 가방 안에서 노란색 멀티 툴을 하나 꺼냈다.

"내가 쓰던 건데 이거 쓸래?"

"하나 더 있었어?"

"응, 다이소에서 산 건데 이것만큼은 아니지만 가성비가 꽤 괜찮아."

진한이가 건넨 멀티 툴은 잠금 장치도 없었고, 몇 가지 도구들이 빠져 있었다. 하지만 그럭저럭 쓸 만했다. 내가 한껏 기분이 좋아서 정신 못 차리는 사이, 진한이가 은근슬쩍 물었다.

"이거 벙커에 가져다 놓을 거야?"

나는 진한이의 입에서 벙커라는 말이 나와 속으로 놀랐지만 태연한 척했다. 최대한 비밀을 유지하고 싶었다. 내가 벙커 보이라는 건 알만 한 사람들은 다 아는 상황이었다. 문제는 내가 어딘가에 세상이 멸망해도 살아남을 수 있을 정도로 완벽한 벙커를 만들어 놨다는 소문이 돌고 있었던 것이다. 내가 아니라고, 중2짜리가 벙커를 만들면 얼마나 완벽하게 만들겠냐고 몇 번이나 얘기해도 다들 믿지 않았다. 특히 철준이 패거리는 자기들의 은신처로 삼고 싶어서 벙커를 탐냈다.

내가 잠시 어두운 표정을 짓자 진한이가 내 어깨를 툭툭 두드렸다.

"네 별명은 나도 들어서 알고 있어."

"너도 내가 벙커를 만들었다고 믿고 있니?"

진한이가 잠시 주저하다가 고개를 끄덕였다.

"뭐, 그런 거 하나쯤은 있어야지. 지구가 언제 멸망할지 모르는데 말이야. 재미있는 거 보여 줄까?"

"어떤 거?"

"저쪽으로 가자."

진한이가 가리킨 곳은 학교 후문 쪽에 자리한 공원이었다. 작년인가 재작년에 배드민턴장과 체력단련장을 만들면서 학교 뒷산으로 올라가는 계단 중간쯤에 작은 공원도 하나 생겼다. 팔각정 하나와 벤치 몇 개가 전부인 데다 계단이 워낙 가팔라서 이용하는 사람들이 적었다. 거기라면 철준이 패거리가 올 일도 없었다. 나는 잠자코 진한이를 따라갔다.

계단을 다 오른 진한이가 벤치에 먼저 앉아서 자기 옆으로 오라며 손짓했다. 내가 도착하자 휴대폰을 꺼내 영상 하나를 보여 줬다. 간혹 함께 보던 프레퍼 족 관련 영상인데 이번에는 그 내용이 좀 달랐다.

"캐슬?"

몇 개 안 되는 영어 단어를 듣고 아는 척을 하자 진한이가 맞다며 고개를 끄덕였다.

"프레퍼 족이 만든 피신처를 뜻해. 지구가 종말, 혹은 그에 준

하는 아포칼립스 상황에 처했을 때 자신과 가족들을 안전하게 보호하기 위해서 만든 것이지."

진한이가 보여 준 영상에서는 프레퍼 족으로 보이는 가족들이 사다리를 타고 지하로 내려가는 장면이 이어졌다. 둥근 튜브처럼 생긴 캐슬은 강철로 만들어진 것처럼 보였다. 침대와 부엌, 화장실 등이 갖춰져 있었고, 제일 안쪽 창고에는 통조림들과 생수통들이 잔뜩 쌓여 있었다. 영상에는 '지하 6미터'라는 자막이 나왔다.

"와, 완벽하네."

내가 부러움이 깃든 감탄사를 내뱉자 진한이가 슬쩍 물었다.

"요즘 같은 세상에 이런 거 하나쯤 있어도 나쁘지 않잖아."

"그렇지. 사실 아포칼립스가 되면 가장 무서운 게 사람이 될 수도 있으니까."

내가 맞장구 치자 진한이가 낄낄거렸다.

"맞아. 철준이 같은 놈들 말이야."

내가 손가락으로 권총 모양을 만들어 방아쇠 당기는 시늉을 했다.

"그런 놈은 그렇게 나대다가 제일 먼저 저세상으로 갈 거야."

그 얘기를 하고는 둘 다 배꼽이 빠지도록 웃었다. 잠시 후 우리의 웃음이 가라앉자 진한이가 진지한 표정으로 물었다.

"나 벙커 구경시켜 줄 거지?"

"그런 거 없어."

나는 휴대폰 속 영상을 계속 보면서 덧붙였다.

"내가 무슨 재주로 이런 걸 만들어."

"그래도 뭔가 있을 거 아냐. 아포칼립스 터지면 나도 거기로 대피하고 싶어."

"징조가 보이면 알려 줄게."

그렇게 말하고 내가 일어나려고 하자 진한이가 팔을 잡았다.

"진짜 섭섭한데."

진한이의 애처로운 눈빛을 보니 나도 살짝 마음이 흔들렸다. 게다가 내가 계속 거절하면 아까 받은 멀티 툴을 돌려 달라고 할 것 같았다. 나는 주저하다가 고개를 들어 뒷산을 바라보며 말했다.

"저기에 있어."

"저기 어디?"

"산 정상에 있는 정자 뒤쪽 바위 아래 버려진 벙커가 있어. 군인들이 옛날에 쓰던 것 같아."

"와! 진짜였구나. 어떻게 생겼는데?"

"아래로 쭉 내려가는 통로가 있는데, 내려가면 넓은 공간이 나와. 거기까지 들어가면 밖에서 나는 소리는 하나도 안 들려."

"입구는 어디에 있는데? 예전에 아빠 따라서 그쪽에 가 봤을 때 벙커 입구 같은 건 못 보았는데?"

"정자 뒤쪽 바위 밑에 버려진 안내소 하나 봤지?"

"응, 불조심이라고 쓰여 있는 데?"

"맞아. 거기 바위가 막혀 있는 것처럼 보이지만, 사실은 사람 한 명 겨우 들어갈 수 있는 틈이 뒤쪽에 있어. 그 안쪽으로 들어 가면 철문 하나가 나와."

내가 손짓발짓을 하면서 설명해 주자 진한이가 연신 감탄하며 질문의 꼬리를 물었다.

"와! 그걸 어떻게 찾았어?"

"우연히. 근처에 있다가 갑자기 내리는 비를 피하다가 발견했어."

"거기가 네 벙커란 말이지?"

진한이의 물음에 나는 고개를 끄덕였다.

"유사시에 거기로 대피할 거야. 높은 지대라서 홍수나 쓰나미에 휩쓸릴 일은 없거든. 엄청 튼튼하기도 하고."

"그런 데가 있는 줄 꿈에도 몰랐어. 들어가려면 어떡해야 해?"

"자물쇠가 채워져 있긴 한데, 사실 그거 가짜야."

"그냥 들어가면 된다고?"

나는 대답 대신 고개를 끄덕거렸다. 갑자기 진한이의 눈빛이 반짝였다.

"토요일에 같이 갈까?"

"그래. 그럼 1시에 안내소 앞에서 만나."

내가 흔쾌히 대답하자 진한이는 정말 기대된다는 말을 남기고 먼저 자리를 떴다.

난 혼자 우두커니 앉아 있다가 해가 저 멀리 떨어지는 모습을 바라보면서 왠지 모르게 떨리는 마음을 살짝 다잡았다.

토요일이 기대되었다. 진한이를 믿고 싶었다.

운이 없었다. 집에 도착했을 때 아버지는 공부도 못하면서 어딜 그렇게 싸돌아다니느냐며 내 뺨을 때렸다. 오늘따라 아버지는 취하지 않은 상태였다. 그래서인지 평소와 다르게 내 뺨을 정확히 조준했다. 그나마 발길질까지 가지 않고 그 정도로 끝나서 다행이었다. 난 한쪽 뺨에 손을 올리고 내 방으로 들어왔다. 그리고 이불을 뒤집어쓰자마자 휴대폰의 잠금을 풀고 녹음을 시작했다.

— 오늘 진한이에게 비밀 하나를 공유했다. 그 애라면 내 얘기를 믿을 것 같았기 때문이다. 심판의 날이 오면 나는 진한이와 함께 그곳에 숨어서 어머니를 기다릴 것이다.

오늘은 분명 녹음으로 남길 만한 얘기가 많았다. 하지만 왠지 녹음을 시작하자 그 많던 할 말이 사라졌다. 나는 그렇게 머뭇거리다가 녹음을 멈추고 그대로 잠들어 버렸다.

드디어, 토요일이 왔다. 나는 점심께까지 낮잠 자는 아버지의 눈을 피해 집밖으로 나왔다. 마을버스를 타고 학교 뒷산에 도착하자 대략 12시가 좀 넘었다. 사람이 많이 다니는 나무 계단이 아니라 옛날부터 있던 산길을 따라 조심스럽게 정자까지 도착했다. 주변을 살펴봤다. 토요일 점심 무렵이라 운동 나온 몇몇 할아버지, 할머니 빼고는 딱히 눈여겨볼 만한 사람은 없었다.

나는 정자 주변을 대충 어슬렁거리면서 기회를 기다렸다. 그리고 아무도 모르게 정자 아래로 숨었다가 슬금슬금 기어 정자 반대편 쪽으로 기어 나왔다. 거기서부터는 바로 아래 안내소 쪽으로 바로 갈 수 있는 샛길이 이어져 있었다.

몸을 일으켜 안내소로 내려가려는데 인기척이 들렸다. 진한이가 이미 안내소에 와 있었다. 반가운 마음에 진한이를 부르려던 순간, 몇 명 더 있는 게 보였다. 철준이 패거리였다. 나는 다시 몸을 낮추고 고개를 빼꼼 들어 안내소 쪽을 지켜보았다. 진한이는 철준이 패거리에게 둘러싸여 있었다. 파란색 점퍼를 입은 철준이가 침을 뱉으면서 짜증을 냈다.

"야! 여기 아무것도 없잖아."

"걔, 걔가 분명히 여, 여기에 입구가 있다고 그, 그랬어."

더듬거리는 진한이의 목소리가 애처롭게 들렸다. 나는 마른 침을 삼키면서 귀를 기울였다.

"있긴 개뿔이 있어? 네가 시키는 대로 하면 벙커가 어디 있는지 알아낼 수 있다며. 너 때문에 온갖 생쇼를 다 했는데 이게 뭐야!"

"뭔가 문제가 생긴 것 같아. 이따 성욱이가 온다고 했으니까 그때 물어보자."

"어디쯤 왔는지 전화해 봐! 만약 거짓말이면 넌 학교 다 다닌 줄 알아."

"자, 잠깐만 기다려 봐."

진한이가 떨리는 손으로 휴대폰을 꺼내 잠금 상태를 풀었다. 예감이 좋지 않았다. 얼른 휴대폰을 꺼냈다. 재난 알림 문자가 와 있었다. 중국 동부 해안 지역에서 발생한 지진으로 인해 서북부 지역에 여진이나 해일 피해가 있을지 모르니 각별히 주의해 달라는 내용이었다. 재빨리 무음 모드로 전환한 순간 예감처럼 진한이에게서 전화가 왔다. 당연히 받지 않았다. 진한이와 철준이 패거리는 내가 정자 아래 숨어서 자기들을 내려다보고 있는 줄은 꿈에도 몰랐다.

왜 이 시간에 여기 모인 걸까?

몸을 한껏 숨긴 채 그 애들이 하는 얘기를 잠자코 들었다. 얼마 전 우리 학교로 전학 온 진한이는 학교 일진인 철준이에게 잘 보이기 위해 일부러 내게 접근한 것이었다. 며칠 전 철준이와 있었던 소동도 다 짜고 친 것이었다. 내 환심을 사서 벙커를 손에 넣을 속셈이었다.

진한이가 슬며시 벙커 얘기를 꺼낸 순간부터 뭔지 모를 불길함이 느껴졌다. 물론 진한이는 믿었지만 이 개운치 못한 불길함은 꼭 해소하고 싶었다. 난 진한이에게 벙커 위치를 조금 다르게 알려 주고 진한이의 반응을 한 번 확인하려고 했다. 하지만 함정에 걸려든 것은 철준이였다.

진한이는 몇 번이고 미안하다 말했지만 철준이의 화는 쉽게 풀리지 않았다. 두고 보라는 말을 남기고 나머지 애들과 함께 산 아래로 사라졌다. 그 자리에 홀로 멍하게 서 있던 진한이가 갑자기 훌쩍거리며 울기 시작했다. 잠시 후 휴대폰을 꺼내 내게 전화를 했지만 난 휴대폰 액정에 뜬 진한이의 이름을 가만히 보고만 있었다.

"씨, 바보 같은 새끼가 날 속여!"

한참 화를 내던 진한이는 결국 몸을 돌려 산을 내려갔다.

그들이 모두 사라진 후에도 난 한동안 우두커니 그곳을 지켰다. 불길한 예감이 맞았다는 사실이 이렇게 슬플 줄 몰랐다. 한참을 그대로 있었다. 세상은 고요했지만 내 마음은 그렇지 못했다. 나는 진한이에게 몸이 안 좋아서 나갈 수 없다는 카톡 메시지를 보내놓고는 몸을 일으켰다.

산을 내려오다 팔각정에 앉아 있던 진한이와 마주쳤다. 진한이는 나와 눈이 마주치자 벌떡 일어나더니 한걸음에 달려와 내 멱살을 잡았다.

"야! 어떻게 나한테 거짓말을 해!"

"그런 너는 왜 날 속이고 철준이랑 만나고 있던 거야?"

진한이가 움찔했다.

"봐, 봤어?"

"그래, 정자 밑에서 다 내려다봤어."

"아이, 진짜!"

"철준이가 벙커를 알아내라고 시킨 거야?"

멱살 잡았던 손을 풀면서 진한이가 고개를 끄덕거렸다.

"내가 먼저 제안했어. 전학 와서 잘 지내려면 다들 걔랑 친하게 지내야 한다고 해서…….""

"철준이가 시비 건 것도 둘이 짠 거지?"

"그래야 네가 날 더 믿을 것 같아서……. 어떻게 눈치 챈 거야?"

"나한테 너무 잘해 줬잖아, 네가."

진한이는 내 대답을 듣고 깊은 한숨을 내뱉었다.

"그래도…… 종말에 관심 있었던 건 사실이었어."

"벙커 같은 건 없어. 그러니까 앞으로 아는 척하지 마."

"거기서 너 혼자만 살려고?"

나는 고개를 끄덕이고는 다시 입을 뗐다.

"가족 같지도 않은 가족도, 날 괴롭히고 비웃는 아이들이 가득한 학교도 결국은 나의 벙커야. 하루에도 몇 번씩 내게 일어나는 재난을 피하려면 거기서 최대한 숨어 잠자코 있어야 해. 날 지키지 않으면 그냥 사라지고 마니까. 벙커는 원래 그런 곳이야. 환상을 버려."

"네가 따돌림 당하는 게 아니라 세상을 따돌리고 있다고 생각해 본 적 없어?"

나는 잠깐 생각해 보다가 이내 고개를 저었다.

"그런 생각은 내게 사치야."

진한이가 고개를 떨구고 있다가 사과했다.

"미안해. 내가 편하게 지내려고 널 이용했어."

"이해해."

마음속에 응어리진 말과 다른 말이 튀어나왔다. 하지만 내 마음속에 아예 없던 말도 아니었다. 사람은 누구나 선택하기 마련이니까. 나는 살아남기 위해 벙커를 만들었고, 진한이는 철준이의 환심을 사기 위해 내 벙커를 찾으려고 했던 것이다. 내 표정을 살핀 진한이가 힘없이 웃었다.

"고마워."

내 입가에 살짝 미소가 들어갔다. 하지만 당장 다음 만남을 기약하지는 않았다. 오늘은 여기서 헤어지는 게 맞았다.

진한이를 두고 먼저 산을 내려오려는데 갑자기 큰 사이렌 소리가 도시 전체에 울리기 시작했다. 아무런 경고 방송도 없이 길게 울려 퍼지는 사이렌 소리가 주말 낮의 고즈넉함을 산산조각내고 있었다. 엄청난 소리에 놀란 산새들이 한꺼번에 날아올라 저 멀리 날아갔다.

때마침 진한이와 내 휴대폰이 거의 동시에 울렸다. 휴대폰을 먼저 들여다본 진한이가 몇 배는 커진 눈으로 나를 바라봤다.

"서해에서 초대형 쓰나미가 발생했대. 얼른 높은 곳으로 피하라는데?"

내가 받은 재난 알림 문자도 같은 내용이었다. 진한이가 믿을 수 없다는 듯 물었다.

"서해에 웬 쓰나미?"

"아까 중국 동부 지역에서 지진이 발생했다는 문자가 왔었어. 그게 서해 쪽에 쓰나미를 발생시킨 거 같아."

"어, 어떡하지?"

진한이는 어쩔 줄 몰라 했고, 나는 결정해야 했다. 그리고 내가 외쳤다.

"따라와! 벙커로 가자."

"어디 있는데?"

"정자 아래!"

진한이가 못 믿겠다는 표정으로 물었다.

"진짜?"

"아버지가 알려 줬어. 이 동네 예비군 동대장이셨거든. 벙커 위치는 다 알고 계셔."

어렸을 때 부모님과 함께 동네 뒷산으로 산책을 나오면 아버지는 동네 벙커가 어디 어디에 있는지 알려 주었다. 육군 장교 출신이었던 아버지는 전쟁이 나면 벙커를 어떻게 사용하는지, 꼭 필요한 물품이 무엇인지, 상세하게 이야기해 주었다. 나에게 벙커는 단순히 재난을 피해 숨기만 하는 장소가 아니었다. 우리 가족이 단란했던, 오래전 기억이 저장된 장소이기도 했다.

"시간 없어!"

나는 진한이의 손목을 잡아끌었다. 주저하던 진한이는 날 따라서 계단을 올랐다. 정신없이 계단을 뛰어올랐다. 턱 끝까지 숨이 차올랐다. 등 뒤에서 진한이가 소리쳤다.

"도시가, 도시가 물에 잠기고 있어!"

몸을 돌렸다. 저 멀리 거대한 황토색 괴물이 도시를 집어삼키면서 밀려드는 게 보였다.

"서둘러!"

난 멀뚱 서 있는 진한이의 손을 잡고 계속 계단을 올랐다. 그동안 내가 대비하고 있던 종말이 이제 시작된 것 같았다.

머릿속에서는 벙커를 찾아가는 지금의 나와 벙커 안에서 성장할 미래의 나가 서로를 마주 보고 있었다.

나는 과연 벙커 안에서 스스로 살 수 있을까? 나는 과연 이 벙커 안에서 제대로 성장할 수 있을까?

예감은 있었지만 그게 불길함은 아니었다. 이 세상은 내가 스스로 성장하기에 너무 위험하고 불편했던 곳이었기 때문이다.

나의 벙커는 언제나 거기에 있었다.

세 번째, 앙상블을 응원하며

　'프레퍼Prepper 족'을 아십니까? 미국에서 주로 활동하는 이들은 '생존주의자'라고도 불립니다. 인류가 겪을 미증유의 대재난을 대비하기 위해 여러 가지를 준비하는 사람들을 일컫는 말입니다. 예를 들면 지하에 철제와 콘크리트로 대형 벙커를 만들어 유사시에 대피할 준비를 하고, 식수와 식량을 구하기 힘든 상황을 대비해 정수기와 비상식량을 저장하기도 합니다. 전기가 끊길 것을 대비해 태양열 발전기를 설치해 두는 것은 말할 필요도 없고요.

　많은 사람들이 코웃음을 치기도 합니다. 하지만 이들은 정말로 진지하게 언제 올지 모를 종말을 대비합니다. 최근 환경오염과 각종 전염병의 창궐, 대규모 자연 재해 등으로 인해 불안감이 증폭되면서 프레퍼 족은 조금 더 자신들의 판단에 확신을 가지는 듯합니다.

땅도 좁고 사람도 많은 우리나라에서는 미국처럼 요란하게 종말을 준비할 수 없는 것이 사실입니다. 기껏해야 비상사태를 대비한 물품들을 생존 배낭에 담아 챙겨 놓는 것이 고작이죠. 하지만 마음으로는 이미 종말을 경험한 사람들이 많습니다. 인간관계의 단절로 인해 고통 받고, 마음의 상처를 스스로 치유할 수 없는 사람들이 점점 늘어나고 있으니까요.

〈벙커의 아이〉의 주인공 남성욱 역시 그중 한 명입니다. 가정에서도 학교에서도 외로울 수밖에 없는 성욱이의 유일한 위안은 벙커입니다. 벙커는 성욱이가 겪은 외로움과 고립감의 상징이기도 하지요.

사람은 서로 연대하며 살아가야만 하는 존재입니다. 그런 과정을 통해 사회 구성원으로 자리매김하고 자신의 위치를 찾아가는 것이죠. 최근 SNS처럼 관계 및 소통을 대체할 수 있는 플랫폼이 다양해지면서, 한편으로는 사람들의 고립감을 높인다는 지적이 나오기도 합니다. 2020년 초 코로나19 바이러스의 영향으로 사람과 사람 사이의 거리는 더욱더 멀어졌습니다.

성욱이는 쓰나미가 도시를 덮치는 순간, 자신만의 벙커를 찾아 문을 활짝 열 것입니다. 연대를 위해 고립을 벗어던진 것이죠. 외로움 속에서 오늘을 살아가는 수많은 성욱이가 이런 결정을 내리길 바라는 마음으로 글을 썼습니다.

여기, 봄
정명섭

201호의 적

+

은모든

은모든

2018년 한국경제 신춘문예로 등단하며 작품 활동을 시작했다. 출간된 소설로 망원동을 배경으로 전하는 본격 음주 힐링기 『애주가의 결심』, 미니멀리즘으로 향해 가는 물경력 회사원의 하루하루를 그린 『꿈은, 미니멀리즘』, 십 년 후의 근미래와 적극적 안락사라는 선택을 둘러싼 어느 가족의 이야기 『안락』이 있으며, 하이브리드 술책 『마냥, 슬슬』이 있다.

왼쪽에서 오른쪽으로, 위에서 아래로, 선과 선이 만나자 직사
각형 화면이 넷으로 나뉘었다. 윤정이 첫 번째 칸에 그려 넣는
것은 침대에 엎드려 웹툰을 보고 있는 201호의 느긋한 모습이
었다. 다음 칸에는 귀찮은 기색이 역력한 얼굴로 일어나 기지개
를 켜는 모습을, 세 번째 칸에는 창문 너머로 날아가는 순간을
담았다. 마지막 칸에서 201호는 301호의 현관문을 쾅쾅 두드리
고 있었다. 몹시도 애가 타는 표정을 짓고서.

"뭐야 여기서는 둘이 사귀어?"

수민이 태블릿 PC 화면 속 201호의 표정을 가리키며 싱긋
웃었다.

"이건 같이 지구를 지키러 가자는 게 아니라 고백하러 가는 얼굴 같은데."

윤정은 수민에게 직업 인터뷰를 할 때는 장난하지 말라고 이르고 자리에서 일어났다. 윤정을 따라 지하철에서 내린 수민은 "암튼 너는 그림 진짜 빨리 그리는 거 같아. 빠른데 예뻐." 하고 부러움을 드러냈다. 반면 약속 장소인 카페에 도착한 뒤 음료를 고르는 일에는 수민이 빨랐다. 흑당 버블티를 고르는 데 1초도 걸리지 않았던 것이다.

"너 먼저 선생님한테 가 있을래? 난 아직 못 골랐거든."

윤정이 메뉴판으로 시선을 돌리며 말했다.

"난 그렇게 빨리 못 골라."

수민은 고개를 저었다. 그러더니 윤정 것까지 자기가 같이 계산하겠다고 말했다.

"왜?"

"엄마가 그러래. 네 덕분에 수행평가 편하게 한다고."

수민이 지갑에서 보라색 카드를 꺼내 보였다.

"근데 윤정아, 선생님이라고 부를 거야? 작가님이 낫지 않아? 아님 가믈란 님? 작가 선생님?"

"작가님이 무난하려나······."

말끝을 흐리는 윤정의 시선은 메뉴판 끄트머리에서 다시 맨

위로 이동했다.

"나 그냥 아이스 아메리카노 마실래."

웹툰 작가 가믈란이 두 사람을 기다리고 있는 사인용 테이블
은 카페의 입구와 반대편에 있는 구석 자리였다. 수민은 자리에
돌아오자마자 휴대폰에서 녹음 앱을 켠 후에 가믈란 앞쪽으로
밀었다. 윤정은 "바로 시작하게?" 하고 허둥지둥 노트와 펜을 꺼
냈다.

"그럼 가믈란 작가님과 인터뷰를 시작하겠습니다."

윤정의 목소리가 가볍게 떨렸다.

"얘들아 잠깐만, 한숨 좀 돌리고 너희들 음료 나오면 시작하
자."

가믈란의 말에 윤정은 "아! 죄송해요. 음료가 나오면 시작하
겠습니다." 하고 정정했다.

수민은 긴급히 아랫입술을 깨물었지만 터져 나오는 웃음을
참을 수 없었다.

"말투 뭐야. 시리가, 대신, 말해 주는 거, 같잖아."

기계 음성을 흉내 내는 수민의 툭툭 끊어지는 어투에 가믈란
의 입에서도 웃음이 새어 나왔다.

"너희가 고1이라고 했지?"

윤정이 그렇다고 대답하자 가믈란은 윤정의 이모와 자신의

인연에 대해 간단히 설명했다. 중2 때 친구가 된 터라 알고 지낸 지 이제 곧 이십 년이 다 되어간다는 사실을. 게다가 가믈란은 지난해 연재 일정 때문에 두 번이나 일방적으로 약속을 취소한 일이 있어 윤정의 수행평가인 직업 인터뷰를 돕는 것으로 마음의 빚을 덜 수 있다는 것이었다. 그러니 뭐든 물어보고 싶은 게 있으면 주저하지 말고 편하게 물어보라고 가믈란은 강조했다.

"진짜로 뭐든지 괜찮아요?"

수민이 되물었다.

"그럼. 왜? 엄청 센 질문 있나 보구나?"

"난 없어요."

턱짓으로 윤정을 가리키는 수민의 두 눈에 장난기가 뚝뚝 묻어났다.

"윤정이가 있어? 무슨 질문인데?"

"아, 근데 그건 직업 인터뷰에 들어갈 내용은 아니라서……."

윤정은 변명이라도 하는 듯한 어투였다.

"뭔데 그래? 괜찮아. 아예 제일 어려운 질문으로 시작하지 뭐."

"아니, 아니에요, 그건, 마지막에 여쭤볼게요. 일단은 프로필부터 확인할게요."

윤정은 물러서지 않고 차분하게 "작가님, 전공은 만화학과셨

죠?"하고 물었다.

가믈란은 고개를 끄덕인 후에 대학 졸업 후 한동안 입시 미술 강사로 일했다고 덧붙였다. 그리고 자신이 입시 미술학원에 다닐 때만 하더라도 체벌이 횡행했으나 몇 해 만에 분위기가 반전되어 학원에서의 체벌은 상상조차 할 수 없게 된 데 얼마나 감사했는지 모른다고 말했다. 손바닥을 맞고 벌을 서 가며 그리지 않아도 아이들은 성실했다. 지도하는 보람이 느껴질 만큼 실력이 눈에 띄게 느는 아이들도 여럿이었다. 가믈란은 규칙적인 생활을 하고 고정적 수입을 얻으며 일한 삼 년의 경험이 무척 값진 것이었다고 했다. 동시에 삼 년이면 충분했다는 데에도 의심의 여지가 없다고 밝혔다.

'가믈란'이라는 필명으로 활동을 시작한 것은 2013년에 한 포털 사이트에 웹툰 연재를 시작하면서부터였다. 학원 판타지 장르의 수작으로 꼽히는 데뷔작은 2015년도에 세 권의 단행본으로도 출간됐다.

"책 가지고 왔어요."

수민이 가방 속에서 가믈란의 책을 꺼내 보였다.

"이따 사인해 주세요."

"저는 이거 가지고 왔어요."

윤정이 들어 보인 것은 재작년에 연재를 시작한 〈빌라 다르마〉의 첫 번째 단행본이었다.

평소 일상툰을 즐겨보던 윤정에게 가믈란의 데뷔작은 사실 관심 밖의 작품이었다. 그런데 〈빌라 다르마〉에는 금세 빠져들었다. 일층에 디저트 카페가, 이층과 삼층에 원룸 여섯 집이 있는 작은 빌라 주민들이 초능력을 가지게 되면서 벌어지는 이야기인데, 판타지 장르의 쾌감과 생활 밀착형 에피소드가 절묘하게 맞물려 있기 때문이었다. 금요일 밤에는 목숨을 걸고 합심해 가스 폭발 화재를 막아낸 주민들이 이튿날 새벽에는 층간 소음 때문에 으르렁대거나, 분리수거 문제로 언성을 높이다 말고 한강에 투신하려는 사람을 구하러 출동하는 장면이 말 그대로 '취향 저격'이었다.

빌라 구성원 중에서도 윤정이 가장 좋아하는 인물은 201호에 사는 대학생이었다. 201호는 아침잠을 깨울 정도로 쿵쿵대는 발소리가 들릴 때마다 "301호, 죽여 버릴 거야 정말!" 하고 포효하면서도 위층에 올라가는 게 귀찮다는 이유로 항의하기를 포기할 정도로 지독한 집순이였다. 그러나 그들이 사는 도시의 존립을 위협하는 사건사고를 막아내는 데 결정적인 역할을 하는 것은 늘 201호였다. 침대에서 뒹굴거리던 201호가 벌떡 일어나 창밖을 향해 날아오르는 장면, 힘을 모아 이 사태를 해결하자며 주민들을 모으는 장면이 나오면 윤정은 언제나 마음이 두근거렸다.

"자기랑 닮아서 좋아하는 거예요."

수민이 윤정에게 시선을 돌렸다.

"너 방학이라고 완전 집에만 있잖아. 집에 있는 게 그렇게 좋아?"

"집이라서 좋은 게 아니라 내 방에서 조용히 혼자 있는 게 좋아."

윤정이 대답했다.

"담임이 꼭 두 명 이상 같이 가라고 해서 다행이네. 안 그랬으면 여기도 너 혼자 왔을 뻔."

그 순간, 윤정은 "그 반대야!"라는 말이 큼지막하게 적힌 말풍선을 떠올렸다. 이모의 친구라고는 하지만 모르는 어른을 혼자 만나서 인터뷰할 자신이 없었기 때문이었다. 수민이 없었더라면 윤정은 수행평가를 포기했을지도 모른다. 윤정이 그 점을 언급하려는 찰나, 빨대를 물고 힘차게 버블을 빨아올리던 수민이 고개를 들더니 말머리를 1학기 종업식 날로 돌렸다.

그날 담임은 직업 인터뷰를 갈 때는 '반드시 2인 1조 이상' 가야 한다고 강조했다. 그때만 하더라도 수민은 얼른 마치고 휴대폰을 돌려받았으면 하는 생각뿐이었다고 했다. 목요일은 챙겨 보고 있는 웹툰이 세 편이나 업데이트되는 날이기 때문이었다.

"2인 이상이니까 여럿이 가도 되는데, 혼자는 가지 말라는 거죠?"

반장이 확인하듯 물었고 담임은 바로 그 얘기라며 고개를 끄덕였다. 수민은 종례가 길어질까 봐 잠자코 있다가 휴대폰을 받은 뒤에 반장에게 왜 혼자는 안 되는 거냐고 물었다. 그러자 반장은 수민의 볼을 꼬집으며 "웹툰만 보지 말고, 뉴스도 좀 보고 살자. 응?" 하더니 과외 시간에 늦겠다며 서둘러 교실을 빠져나갔다.

"야! 잘난 척할 거면 알려 주고 가!"

수민이 소리쳤지만 대답을 해 준 것은 반장이 아니라 뒷자리에 있는 지현이었다.

"수민아." 하고 부르며 지현은 수민의 어깨를 부드럽게 건드렸다.

"위험할까 봐 그런 걸 거야. 이상한 어른 많잖아. 여고생이라고 찝쩍거리는 아저씨랑 단둘이 만나게 될까 봐 다른 학교들도 다 주의시킨대."

그렇구나, 하고 수민은 고개를 끄덕였다. 그러면서 지현이 목소리가 원래 이렇게 좋았던가 싶어 놀랐다고 했다. 목소리도, 어투도 더없이 다정해서 계속 듣고 싶다는 생각이 들더라는 것이었다.

"지현아."

수민은 지현의 말투를 따라서 그녀의 이름부터 불러 보았다.

"나한테 아무 말이나 해 봐."

"배고파."

지현은 즉시 대답했다.

"엽떡 땡기는데 나랑 먹으러 갈래?"

"난 그건 너무 매워서 좀, 후문 쪽 즉떡은 어때? 내가 살게."

수민은 그렇게 말하고 난 뒤에야 이번 달 용돈이 얼마 남아 있었던가를 가늠해 보았다. 그와 동시에 별로 배가 고프지 않다는 사실도 깨달았다.

떡볶이 집에 들어서자마자 숱이 풍성한 머리카락을 질끈 묶은 지현이 열심히 젓가락을 움직이는 동안에도 수민은 먹는 둥 마는 둥 하면서 지현의 목소리에 귀를 기울였다. 새까만 머리카락, 또렷한 눈썹, 가느다란 뿔테 안경에 통통한 뺨까지 지현은 여태 알던 모습 그대로였건만 지금까지와는 존재감이 전혀 달라 보였다. 지현은 듣기 좋은 목소리를 가졌을 뿐만 아니라 입에 올리는 어휘도 남달랐다. 최근에 읽은 책에 대해 말하는 동안에 수민이 처음 들어보는 이지적인 단어들이 끊임없이 등장했다. 앞뒤에 앉은 사이인데 이제야 지현의 이야기에 귀를 기울이고 있다는 사실이 수민은 신기할 따름이었다. 우리 반이 항상 시끄러워서 제대로 들을 기회가 없었던 걸까? 그렇다면 선생님들이 조용히 하라고 신경질을 내는 것도 그럴 만한 일이라는 생각마저 들었다.

"지현아, 너는 누구 인터뷰하고 싶어? 뭐가 되고 싶어?"

수민이 묻자 면 사리를 집어 올리던 지현은 "아직 성적도 부족하고, 아빠는 여자가 하기 너무 위험해 보인다고 반대하시긴 하는데" 하며 입을 열었다. 수민의 입에서는 절로 감탄사가 나왔다. 그렇게 멋있는 꿈을 가진 사람을 주변에서 처음으로 보았기 때문이었다.

"그 애 꿈이 뭐였는데?"

가믈란이 묻자 수민은 자랑스러운 듯 "프로파일러요. 요샌 범죄 심리학자라고도 한대요!"라고 대답했다.

"와, 멋있다. 근데 프로파일러 되려면 이과 가야 하는 거 아니니? 아닌가? 심리학이니까 문과가 맞던가?"

"네. 일단 지현이는 사회심리학과 지망할 거래요. 그런 다음에……."

"잠깐만, 진정해. 우리 인터뷰는 언제 하려고."

신나서 설명하려는 수민의 말을 윤정이 가로막았다.

"작가님은 언제부터 웹툰 작가가 되고 싶으셨어요?"

"초등학교 때부터 쭉."

가믈란의 대답에는 망설임이 없었다.

"끄적거리면서 그림 그리는 것도 좋아했고, 어릴 때부터 만화책이랑 애니에 빠져 살았어. 밤늦게까지 시간 가는 줄 모르고 보느라 아침에 만날 늦잠 자고, 지각하고 그랬지. 근데 그때는 장래희망 란에 사실대로 못 썼어."

"그때는 아직 웹툰이 없었으니까요?"

윤정이 되물었다.

"응, 그것도 그건데 만화가라고도 못 썼어. 다른 애들 꿈을 보면 대통령, 과학자, 의사, 다 그런 거야. 그땐 초등학생들 꿈이 대부분 그랬거든. 거기서 혼자 만화가라고 쓰는 건 너무 튀는 것 같고 눈치가 보였다고 해야 되나. 그래서 비워 두고 짝꿍한테 뭘 썼느냐고 물어봤더니 피아니스트라고 하더라. 아, 피아니스트는 있구나, 싶어서 나도 좀 고민하다가 화가라고 썼지."

"어우, 좀 안됐다."

수민이 안타까워했다.

"지금 초딩들 장래희망은 유튜버, 웹툰 작가, 아이돌이 대세에요."

"그래, 그런 기사 보면 격세지감이 느껴져. 참, 그래도 화가라고 쓴 덕에 좋은 점도 있었어. 엄마가 그거 보고 미술학원에 보내줬거든. 미술학원 선생님이 되게 자유로운 분이셔서 내가 그리고 싶은 그림도 실컷 그렸지."

가믈란이 대꾸했다.

중학생이 됐을 때 가믈란은 부모님에게 늦잠 자는 버릇을 고치겠다고 약속했고, 실제로 매일 아침 일찍 등교하는 모습을 보여서 용돈도 올랐다. 그럴 수 있었던 것은 학교에 만화 동아리가 있었던 덕이었다. 좋아하는 것을 공유하는 즐거움은 자연스레 취향이 확장되는 기쁨을 동반했다. 특히 당시에는 동네마다 도서대여점이 있었던 때라 각자 빌린 만화책을 동아리 내에서 서로 교환해 보느라 순정에서 액션, 판타지까지 다양한 장르를 두루 섭렵하기에도 좋았다.

고등학교 시절 가장 소중한 추억은 마음이 잘 맞는 친구와 함께 반 전체가 등장인물로 나오는 만화를 그려서 인기를 끌었던 것이었다. 처음에는 친구가 스토리를 맡고 가믈란은 작화만 담당했지만 점점 스토리도 함께 짜게 되었다. "재미있다"는 한마디는 아무리 들어도 질리지 않는다는 사실을, 다음은 어떻게 되느냐는 궁금증 어린 눈빛을 대할 때의 짜릿한 기분을 가믈란은 그때 처음 알게 되었다.

"저희 이모도 그때부터 작가님 팬이셨대요."

윤정이 말했다.

"그럼 자연스럽게 만화학과에 가신 거예요? 학부 전공에 대한 만족도는 어떠세요?"

"난 만족하는 편이야."

"근데 전공 안 한 웹툰 작가도 많잖아요. 꼭 만화나 미술 전공 안 해도 되죠? 엄마가 미술은 돈 많이 든다고 제발 참아 달래요."

수민이 끼어들었다.

"음, 그건 결국 관점 문제야. 난 얘기했듯이 만화창작 전공한 거 만족해. 전공하기를 잘했다고 생각하고. 주변의 작가들도 보면 거의 절반 정도는 만화나 애니 전공한 사람인 거 같아. 이렇게 들으면 전공하는 게 확실히 좋겠다 싶으려나? 근데 우리 과를 생각해 보면 전공 살려서 활동하는 사람은 결국 한 학년에 두세 명밖에 없는 것도 사실이야. 요새는 찾아보면 만화진흥원이나 콘텐츠 센터 같은 데서 학교 아니어도 교육받을 수 있는 곳이 많고. 나도 전공자지만 냉정하게 말해서 뭐랄까, 비전공자 작품 중에 소재도 그렇고 개성적인 얘기가 더 많은 것 같기도 해."

가믈란의 말을 열심히 받아 적던 윤정이 고개를 들더니 "어렵네요." 하고 읊조렸다.

"창작하는 일은 다 마찬가지일 텐데, 전공으로 배우는 것보다 가장 중요한 건 내가 왜 꼭 이걸 하고 싶은가, 하는 걸 거야. 실은 결국 그게 내가 뭘 얘기하고 싶은지 아는 거랑 이어져 있거든."

가믈란은 윤정과 시선을 맞췄다.

"꼭 웹툰 작가가 되고 싶니? 실컷 보는 걸 넘어서 직접 하고 싶은 게 확실해? 되면 꼭 하고 싶은 얘기도 있고? 물론, 딱 잘라서 대답이 안 나오는 건 당연해. 근데 언제가 됐든 그 대답은 스스로 찾아야 돼. 그것만큼은 확실히 말할 수 있어."

윤정은 단박에 대답할 수 없었다. 막연했다. 침대에 누워서 웹툰을 보는 시간이 하루 중 가장 행복하지만 그런 고등학생은 전국에, 아니 전 세계에 넘쳐날 것이다. 즐겨 보는 웹툰 내용에 이어서 외전을 그려 보면서, 수민에게 원작보다 윤정이 상상한 내용이 더 흥미진진하다고 칭찬받기도 했지만 그건 어디까지나 2차 창작에 머문 것일 뿐이었다.

문득, 〈빌라 다르마〉가 전하고 싶은 메시지에 대해서도 궁금증이 들었다. 하지만 작품의 메시지를 작가에게 직접 물어보는 것은, 조금 촌스러운 일 같기도 했다.

"윤정이는 대답하는 데 시간이 좀 필요한가 보다. 수민이, 라고 했지? 수민이는 왜 꼭 웹툰 작가가 되고 싶니?"

"꼭이요?"

수민이 반문했다.

"꼭 되고 싶은 건 아닌데."

"절실한 건 아니구나."

가믈란이 너털웃음을 터뜨렸다.

"되면 좋겠죠. 근데 쉬운 게 아니잖아요. 그래서 난 사실 웹툰 작가보다 어시가 좋을 수도 있는 것 같아요. 작가님도 어시 한 명 쓰죠?"

가믈란은 고개를 끄덕이며 채색에 도움을 받고 있다고 대꾸했다.

"일본에는 그냥 쭉 어시가 직업인 사람도 많대요. 문하생으로 데뷔할 때까지 임시로 하는 게 아니라 아예 데뷔할 계획 없이 직업으로 어시하는 사람이요. 다 히트한다는 보장도 없고 불안한데, 인기 작가가 오래 연재하는 데서 어시로 일하면 안정적이래요."

무슨 일이 됐든 안정적인 직업이 제일이라는 말을 매일 들으며 자란 수민은 나름의 빅 픽처를 가지고 있었다. 그 빅 픽처가 실현되기 위해서는 무엇보다 윤정의 존재가 중요했다.

놀란 눈으로 "나?" 하고 되묻는 윤정을 바라보며 수민은 싱긋
웃었다.

"그래 너."

수민은 윤정이 가지고 있는 가능성을 꾸준히 관찰해 왔다고
했다. 우선 작화. 윤정은 휴대폰 화면에 펜으로 쓱쓱 그린 그림
도 남달랐다. 각을 잡고 그린 그림을 보면 마치 프로가 그린 것
같았다. 특히 엉켜 있는 두 남자의 상반신 표현이 일품으로, 벌
어져 있는 새하얀 셔츠의 앞섶이나 어깨에서 등 근육으로 이어
지는 선 같은 것을 보면 분명 내 친구는 큰돈을 벌 수 있으리라
는 느낌이 온다는 것이었다. 이 시점에서 윤정은 "야, 작가님이
우리 이모 친구라고!" 하며 수민의 어깨를 찰싹 때렸으나 수민
은 굴하지 않고 말을 이었다.

"아, 물론, 얘가 그런 그림만 그리는 건 아니고, 그림만 잘 그
리는 것도 아니에요."

보시다시피 윤정은 평소에 근엄하고 진지한 캐릭터를 고수
하지만 직접 그린 만화를 보면 잔잔한 유머가 끊이지 않는다고
수민은 강조했다. 기존의 작품 중에 비교하자면 일상툰 〈퀴퀴
한 일기〉처럼 느긋하면서 유쾌한 드립이 주를 이뤘다. 수민은
윤정이 그러한 장점을 살려 성공하면 그 옆에 착 달라붙어 어시
스턴트를 할 계획이었다. 집순이라 학교 밖에서는 잘 만나 주지

도 않지만, 그만큼 윤정이 적극적으로 새로운 지인을 만들 가능성은 낮으므로 옆에서 버티다 보면 승산이 있을 거라고 했다.

"그럼 윤정이 꿈이 절대로 바뀌면 안 되겠네?"

가믈란이 장난기 어린 어투로 물었다.

"하지만 그러리라는 보장은 없으니까 플랜 B가 있죠. 안정이 중요하잖아요."

그러면서 수민은 자신의 빈 유리잔을 가리켰다. 수민의 플랜 B는 버블티 전문점의 주인이 되는 것이었다. 편의점을 운영하는 수민네 부모님은 근방에 편의점이 새로 생길 때마다 우울한 얼굴로 한숨을 쉬었고, 심야 아르바이트를 구하지 못하면 쩔쩔맸다. 그런 부모님이 가장 부러워하는 게 길 건너에 있는 공차 매장이었다. 근방의 카페 중 절반이 폐업하고 또 새로 생기는 와중에도 공차 매장에는 안정적으로 손님이 든다고. 게다가 일반 카페에서도 버블티를 파는 곳이 늘었음에도 인기가 식지 않는 것 좀 보라면서. 수민이 종종 주말에 편의점에서 알바를 하면서 직접 관찰한 결과 그 말에는 분명 일리가 있었다. 그래서 올해부터 버블티 탐구를 시작한 바람에, 살이 3킬로나 쪘다며 수민은 입술을 삐죽거렸다.

"여기 거는 어땠니?"

가믈란이 묻자 수민은 고개를 저었다.

"버블이 너무 빨리 퍼져요. 탱글탱글해야 맛있는데. 그리고 퍼지면 빨대에 쭉 빨려서 안 올라오고, 끝에 달라붙으니까 계속 힘주면서 빨아야 돼요. 은근 이런 데 많아요. 지난주에 지현이랑도 버블티를 마시러 갔는데요, 지현이도……."

웹툰 그리는 일을 직업으로 하고 싶은가, 그렇다면 어떤 이야기를 그리고 싶은가, 하는 질문 사이에 갇혀 막막한 기분에 젖어 있던 윤정은 수민의 입에서 다시 지현의 이름이 나오자 퍼뜩 정신을 차렸다.

"그 얘기는 나중에! 끝나고 나랑 있을 때 해. 다음 질문, 이건 네가 여쭤 봐."

윤정이 노트를 넘기자 수민은 가믈란에게 웹툰 작가라는 직업의 장점과 단점에 대해 들려 달라고 말했다. 가믈란은 팔짱을 끼고 잠시 생각을 더듬더니 지갑을 들었다.

"버블티 얘기 들으니까 나도 먹고 싶어졌는데 여기 건 불합격이라고 했으니까 디저트를 좀 사 가지고 올게. 그거 먹으면서 다시 얘기해 보자."

생크림 딸기 케이크와 티라미수, 당근 케이크를 골라 온 가믈란은 맨 먼저 티라미수를 공략했다. 그러자 수민이 〈빌라 다르마〉 일층 디저트 카페의 대표 메뉴도 티라미수 아니냐며 반가

위했다.

리모델링 공사 소음 때문에 아래층이 카페로 바뀌는 것에 질색하던 201호의 마음을 녹인 것 또한 진하고 촉촉한 티라미수의 맛이었다. 티라미수를 사러 카페에 자주 드나들면서 201호는 자연스레 그곳의 훈남 파티시에에게 호감을 가지게 됐다. 하지만 내성적인 201호가 "티라미수 정말 좋아하시는군요."라고 말하는 파티시에와 눈도 제대로 맞추지 못한 채 도망치듯 자기 집으로 돌아오기를 반복하는 사이, 활달한 301호는 이미 파티시에와 말을 놓는 사이가 돼서 첫 데이트 약속까지 잡았다. 그 사실을 알게 된 201호가 질투심에 사로잡혀 301호와 대립각을 세우면서 삼각관계를 기반으로 한 러브라인이 강화되어가고 있었다. 최근 들어 〈빌라 다르마〉의 댓글창에는 201호의 캐릭터가 붕괴된 것 아니냐는 불만과 201호의 짝사랑이 이루어지길 바라는 독자들의 응원 댓글이 팽팽하게 맞섰다.

"작가님, 업로드 하시고 나면 댓글도 다 보세요?"

윤정이 201호를 떠올리며 묻자 수민이 그런 질문이 있었느냐며 윤정의 노트를 집어 들었다.

"아, 너 그거 얘기하려고 하는구나! 201호랑 301호가……."

윤정은 "아니라고, 아직!" 하며 수민의 어깨를 찰싹 때렸다.

"진짜 손 겁나 매워. 손이 매워야 그림을 잘 그리나?"

수민이 윤정을 흘겨본 뒤에 가믈란에게 다시 한번 웹툰 작가의 장단점에 대해 물었다.

"생각해 봤는데 결국 장점도 단점도 핵심은 프리랜서로 일하는 부분에 있는 것 같아. 그러면 단점이 뭔지 바로 알겠지?"

"네!"

수민의 얼굴에 안타까운 표정이 번졌다.

"불안정한 거요."

"그렇지. 정신적으로 압박감이 심하니까 우울증이나 공황장애가 오는 경우도 많고, 몸이 못 버텨서 어쩔 수 없이 휴재를 하는 경우도 정말 자주 봐. 그동안에는 완전히 무일푼이거든, 보호해 주는 조직도 없고, 복지도 당연히 없고. 경제적으로 쪼이면 정신적으로도 또 압박이 되니까 휴재를 하더라도 쉬는 게 쉬는 게 아닌 느낌이야."

"연재하는 회사마다 돈 주는 것도 막 다르죠? 기사에서 봤어요."

수민이 물었다.

가믈란은 기존에는 웹툰을 연재하면 업체에서 기본 원고료를 지급했고, 거기에 한 달 동안 유료 결제된 금액을 집계해서 다시 업체와 작가가 나누는 형태가 일반적이었다고 설명했다. 그런데 최근 몇 해 들어서 기본 원고료가 없어지고 유료 결제분

만으로 정산 받는 추세가 되어가고 있었다. 업체와 작가의 수익 분배 비율 또한 작가에게 불리해지고 있는 데다 업체별 차이도 상당했다. 특히 어느 신인 작가가 지난해 모 플랫폼에서 첫 연재를 시작하면서 받아들였다는 수익분배 비율을 들었을 때의 충격이 컸다. 설마 잘못 들었겠지, 싶어서 몇 번이나 다시 묻게 되더라고 가블란은 말했다.

수민은 윤정에게 "꼭 대박 작가가 돼서 유료 결제 많이 받아야 돼." 하고 다짐을 받았다. 진지한 눈빛이었다. 웹툰 작가의 실제 수입에 관한 부분까지는 아직 윤정의 피부에 와 닿지 않았다. 금액의 문제가 아니었다. TV에서 셀럽처럼 비쳐지는 웹툰 작가들의 억대 연봉 이야기를 들을 때도 마찬가지였다. 윤정은 수민이 말하는 것처럼 대박이 나거나, 미디어에 등장하는 유명인이 되고 싶은 마음은 조금도 없었다. 다만 자기 방에서 조용히 웹툰을 보고, 다음 스토리를 상상하고, 혼자 그림을 그리는 게 좋았다. 하루 종일 그것만 할 수 있을 정도의 돈만 벌 수 있다면 족하다고 생각했을 뿐, 그런 삶을 위해 한 달에 얼마쯤의 돈이 필요한지는 고려해 본 적이 없었다. '난 그냥 내 방에서 혼자 할 수 있는 일이라서 웹툰 작가가 되고 싶은 거였나?' 하는 생각이 들었고, 그건 너무 막연한 이유라는 점에도 생각이 미쳤다.

별안간 윤정의 머릿속에는 기괴한 이미지가 떠올랐다. 느긋하게 방 안에 있다가 방문을 여는 순간, 절실함의 불꽃이 두 눈동자 위로 활활 타오르는 경쟁자들의 무더기와 거기에 파묻히는 자신의 모습이었다.

"악질 회사는 각자 알아서 정신 바짝 차리고 피하는 수밖에 없다고 생각했어. 그런데 이쪽 전공도 안 하고 다른 인맥도 없는 신인의 경우에는 업계 전반을 알 도리가 없겠다 싶더라고."

가믈란이 가볍게 한숨을 쉬었다.

"아까 윤정이가 댓글 보냐고 했었지? 그런데 사실 연재 올리고 나면 제일 신경 쓰이는 건 댓글보다 순위거든. 순위 떨어지면 신경이 곤두서고, 그러다 보면 내 위에는 누가 있나 하는 데 신경이 쓰일 수밖에 없지. 그러느라 다른 생각을 할 여유가 없고. 그래도 요즘엔 작가들이 작품으로는 경쟁하더라도 작품 밖에서는 서로 좀 뭉쳐야 되지 않나, 그런 생각이 많이 들어. 아직 뾰족한 방법은 없지만 이런 생각을 하는 작가가 나 말고도 늘고 있는 것 같아."

"응원할게요! 작가님 작품은 앞으로 꼭 유료 결제해서 볼게요."

그러더니 수민은 윤정이 시키기도 전에 웹툰 작가의 하루 일과에 대해 질문을 이었다. 일주일에 한 번 연재하는 만큼 한 주는 어떤 식으로 스케줄을 진행하는지도 알려 달라고 윤정이 덧붙였다.

가믈란은 "하루 일과라……." 하며 팔짱을 끼더니 연재를 진행하는 중에는 의식주를 해결하는 정도의 활동 이외에는 깨어 있는 시간의 대부분을 작업에 할애한다고 말했다. 따라서 달리 일과라고 할 것이 없다고 봐야 한다는 것이었다. 윤정은 살짝 겁을 내며, 하루 작업량을 알려 달라고 청했다.

"너희가 어느 쪽을 선택할지 모르니까 극화랑 일상툰 쪽을 나눠서 말해 볼게. 나처럼 극화 쪽은 보통 하루에 열 시간은 작업을 한다고 봐. 일상툰도 여섯 시간은 넘기는 것 같고. 이게 어느 정도 숙련이 된 경우의 얘기니까 초반에는 더 걸리겠지?"

"몰라요, 안 들려요."

수민은 대답을 피했다.

"윤정아, 그림체를 좀 바꿔 봐. 일상툰으로 가자."

"일상툰 중에는 주 2회 업로드도 있다는 걸 잊으면 안 돼. 그리고 너무 겁주는 것 같아서 말하기 좀 그렇지만 기왕 날 만나러 왔으니까 잔소리 한 번만 더 할게. 빡세게 일하는 것도 힘들지만, 그건 또 하다 보면 어찌어찌 버텨지기도 해. 그런데 아까도 말했지만 제일 중요한 건, 작가가 나만의 어떤 이야기를 가지고 있느냐 하는 거야. 그게 비어 있으면 오래 버티기가 참 힘들어지거든."

"작품에 주제가 있어야 된다는 건가요?"

수민이 고개를 갸웃했다.

"주제는 내가 하고 싶은 얘기 안에 포함이 되겠지. 그 얘기에 개성이 있는지, 뭣보다 그 얘기를 자기 스스로 재미있다고 여기는지가 중요한 거 같아. 안 그러면 하루 24시간이 지옥일 테니까."

그 순간 윤정의 머릿속에는 "Hell이야."라는 대사가 든 말풍선 아래 자신이 발버둥 치는 모습이 떠올랐다. 두 눈 아래로는 한없이 쏟아지는 굵은 눈물을 표현한 직선이 폭포수처럼 길게 그어진 모습이었다.

"너무 기 빨리는 거 같아? 케이크를 지금 사 올 걸 그랬네."

가믈란이 코끝을 긁적이며 지옥이라는 단어를 쓸 수밖에 없었던 이유를 설명해 주겠다며 연재를 진행 중인 웹툰 작가의 한 주 스케줄에 대해 설명하기 시작했다.

작가마다 차이는 있겠지만 가믈란의 경우 평균적으로 한 주에 6일간 일한다. 그 6일의 첫날은 스토리를 구상하는 데 쓴다. 이튿날에는 콘티를 짜고, 사흘째 스케치, 나흘째 펜 터치, 오일째 완성……을 지향하지만, 이 모든 과정이 기계적으로 이루어질 리가 없다. 따라서 대체로 하루 정도는 더 일하게 되는 것이다.

여기에서 스토리를 구상하는 첫째 날부터 일이 잘 풀리지 않아 이틀 내내 구상을 했다면 한 주 내내 하루도 쉬지 못하고 일하기도 한다. 심지어 삼 일간 스토리만 짜며 보내게 된다면 마감을 위해 밤을 새우는 일이 자동으로 따라붙는다.

철야 작업은 체력적으로 고되지만 만성이 되지만 않는다면 버텨 볼 수 있다. 하지만 작가 스스로 재미를 느끼지 못하는 스토리를 가지고 작업할 때, 과연 독자들은 재미있게 읽을까? 하는 불안과 한없이 밀려드는 자괴감 사이에서 시시각각 다가오는 마감에까지 쫓기는 시간은 누가 뭐래도 '지옥'이라고 가믈란은 말했다. 그래서 거듭 잔소리를 한 것이었다. 그림은 그리는 만큼 늘어가는 영역이지만 스토리는 매번 새로 길어 올려야 하니까.

"그러니까 다양한 분야에 관심을 가지고 너희가 진짜 얘기하고 싶은 어떤 걸 만나면 차근히 연구하고 즐기는 시간을 가졌으면 좋겠어. 지금 시점에서 가장 중요한 거 한 가지를 말하라면 그거야."

수민이 고개를 끄덕이며 입을 열었다.

"다양한 분야요? 아, 그럼 지현이가 추천해 준 심리학 책 방학 때 읽어 볼게요. 머리 아파 보이기는 하지만."

좋은 생각이라는 가믈란의 칭찬에 수민은 얼마 전 지현과 함께 본 영화의 내용에 대해 이야기하기 시작했다. 보는 동안에는 지루했는데 문득문득, 영화 속에 등장하던 마을의 풍경이나 주인공 가족들이 심상하게 나누던 대화 같은 게 떠오른다면서. 지금 생각해 보니 보러 가길 잘한 것 같다고 했다. 수민은 인터뷰를 마칠 때까지 틈틈이 지현과 있었던 일에 관해 얘기했다. 마지막 질문 후에 가믈란의 단행본에 사인을 받을 때도 선물할 거라며 한 권은 지현의 이름으로 부탁했다.

윤정도 사인을 받기 위해 〈빌라 다르마〉의 첫 번째 단행본을 꺼내 들었다. 이런저런 생각들로 머릿속이 복잡했다. 평소 같으면 이렇게 일정을 마친 뒤에는, 얼른 자기 방으로 돌아가서 쉬고 싶다는 마음만 가득했을 것이다. 하지만 지금은 그와 반대였다. 불쑥 겁나는 기분과 왠지 모르게 설레는 감정이 뒤섞인 마음을 정리하기 위해서 좀 더 이야기를 나누고 싶었다. 그러나 사인을 마친 뒤에 시간을 확인하는 가믈란을 더 이상 잡아 둘 수는 없었다. 윤정은 사인한 책을 건네받으며 "고맙습니다." 하고 힘없는 목소리로 중얼거렸다.

"근데 센 질문 있다면서 그건 안 하는 거야? 준비해 왔으니까 그것까지는 하고 가야지."

가믈란의 말에 윤정은 괜찮다며 고개를 저었다.

"나도 궁금해서 그래."

"근데, 그건 좀 작가님한테 마상일 수도 있어요."

수민이 소곤거렸다.

"마상이라면 작품 얘기구나. 그럼 꼭 들어야겠네. 이렇게 독자 분들을 직접 만날 기회가 흔한 것도 아닌데."

가믈란이 거듭 권유하자 윤정은 이마를 긁적이며 입을 열었다.

"아, 질문은 아니고요……. 저는 201호가 제일 좋거든요. 301호는 그만큼 좋지는 않지만 매력 있는 거 같아요. 근데 둘 관계가, 물론 쭉 봤으니까 원래 301호 이사 왔을 때부터 201호랑 사이가 별로 좋지는 않았던 건 저도 알지만, 파티시에가 오고 나서 좀……. 제가 너무 예민하게 봐서 그런 걸 수도 있기는 한데요……."

"그러니까 한마디로 말하면요."

수민이 끼어들었다.

"201호가 파티시에한테 반한 다음부터 301호랑 둘이 너무 여자의 적은 여자 구도 같아요. 남자 때문에 싸우느라 진짜 위험한 상황에도 서로 돕지 않고. 201호는 그런 사람 아니잖아요. 301호도 201호한테만 시비 거는 게 너무 과해요."

1초, 2초, 3초…… 가믈란이 입을 다물고 아무런 대답을 하지 않은 채 시간이 흘렀다. 윤정은 눈앞의 세계가 얼어붙은 것만 같았다. 그들이 마주하고 있는 테이블까지 꽁꽁 얼어 '쩌억' 하는 소리를 내며 갈라질 것만 같았다.

"그래, 좀 그렇게 보일 수도 있겠다. 201호의 적이 301호도 아닌데, 그치?"

마침내 입을 연 가믈란이 미소를 지었다.

"나 지금 표정이 좀 어색하지 않니?"

"네, 좀."

수민은 애써 부정하지 않았다.

"사실 요새 그 점에 대해서 고민하고 있었어. 댓글 반응에 대해서도 얘기 들은 게 없지 않고. 그래서 진지하게 듣느라고 그랬어. 앞으로 스토리 짜면서 더 신중하게 생각해 볼게."

가믈란은 자리에서 일어나기 전에 얘기해 줘서 고맙다고 했지만 윤정의 마음은 편치 않았다. 〈빌라 다르마〉와 201호 캐릭터에 대한 애정 때문에 꼭 전하고 싶은 얘기였지만 직업 인터뷰를 부탁한 입장에서 작품의 단점을 얘기한 것은 실례가 아니었을까? 중간에서 이모 입장이 곤란해지면 어쩌지? 가믈란과 헤어져 카페에서 나오면서도 윤정의 머릿속은 뒤죽박죽이었다. 수민이 그런 윤정의 어깨에 팔을 두르며 물었다.

"밥 먹고 가자. 뭐 땡기는 거 없어?"

"너 끝나면 바로 지현이 만나러 간다며."

"지현이 보고 이쪽으로 오라고 했어."

수민이 윤정의 이마를 검지로 톡톡 건드렸다.

"지금 네 얼굴에 '멘붕'이라고 쓰여 있거든. 이렇게 딱 보이는데 어떻게 그냥 두고 가냐? 내가 301호도 아니고. 아, 301호도 앞으로는 좀 바뀌겠지?"

실제로 201호와 301호 캐릭터의 관계가 개선된다면 거기에는 우리 두 사람의 영향도 있지 않겠느냐고 덧붙이며 수민은 헤벌쭉 웃었다.

"수민아, 우리가 과하게 예민하게 본 건 아니겠지?"

"당연하지. 설마 작가님이 가식으로 얘기해 줘서 고맙다고 했겠어? 댓글에도 우리랑 같은 생각 하는 사람 많았잖아. 지현이도 그러던데?"

지현에게 들었다는 벡델 테스트*의 내용을 신나서 얘기하는 수민이 윤정은 부러웠다. 평생 동안 사소한 걱정에 얽매여 혼자 속을 끓인 시간의 양을 전부 더하면 자신의 시간은 수민의 백배

여성 만화가 엘리슨 벡델이 남성 중심 영화가 얼마나 많은지 측정하기 위해 고안한 영화 성평등 테스트

쯤 될 것 같았다. 수민의 당당함을 나눠 받을 수만 있다면 좀 나눠 받고 싶다는 생각이 들었고, 그러자 함께 일한다면 수민이 가진 강점을 실제로 나눠 쓸 수 있는 게 아닐까, 하는 데 생각이 미쳤다.

"너 지금 내 말 안 듣고 있지!"

수민이 윤정의 팔을 건드리며 물었다.

"야, 무슨 생각해?"

우리가 같이 일해 보면 어떨까 하는 거, 네 빅 픽처에 대해서 좀 생각해 봤어, 라는 말은 너무 폼을 잡는 것 같아서 윤정은 차마 입 밖에 낼 수 없었다. 때마침 길 건너 횡단보도 앞에 서 있는 지현을 발견하고 저쪽을 보라며 수민에게 알렸을 뿐이었다. 이내 신호등이 녹색불로 바뀌자 함박웃음을 지은 수민이 지현의 이름을 부르며 뛰어가기 시작했다. 윤정 역시 같은 방향으로 걸음을 옮겼다.

네 번째, 앙상블을 응원하며

슬슬 어스름이 짙어지는 토요일 오후의 합정역 근방. 우리는 테이블 간격이 적당하고 시끄럽지 않으면서도 대화를 나누는 데 눈치가 보일 만큼 조용하지도 않은 카페를 찾았다. 조건을 모두 충족시키는 카페는 좀처럼 나타나지 않았고, 차선으로 들어선 카페의 내부는 소음이 상당했다. 녹음하기에 여의치 않은 상황, 직업 인터뷰의 진행을 우려하던 마음은 질문을 시작하자마자 사라졌다. '다음 웹툰'에서 연재 중인 H 작가는 어떤 질문에도 성의 있는 대답을 들려주었다.

"작품에는 돈도, 성공도, 자기실현도 걸려 있지만 그 이야기를 만들면서 궁극적으로 작가 자신이 즐거운가 하는 게 정말 중요하죠. 작가 본인도 재미를 느끼지 못하는 얘기로 독자에게 재미를 줄 수는 없을 테니까요. 기획서랑 콘티까지 다 나와 있다고 해도 실은 작가 자신이 이 얘기가 왜 재미가 있는지 모르겠다, 싶으면 그 작품은 안 되는 거예요."

막힘없는 답변을 허겁지겁 받아 적다가 그다음에 이어지는 "왜냐하면, 24시간 괴로운 지옥에서 사는 것 같을 테니까." 하는 부분에서 펜을 멈췄다. 육성으로 신음이 비어져 나오는 것을 막을 도리가 없었다. 그 순간 H 작가에게 들은 이야기를 소설 안에 최대한 녹여 내리라 마음먹었다.

화면 안팎에서 대체로 느슨하게, 때로는 놀랍도록 밀접한 형태로 우리는 연결돼 있다. 그 점을 지각하고 있지 않은 사람을 찾기란 쉽지 않은 일일지도 모른다. 그러나 약간만 방심하면 그런 사실은 까맣게 모르는 사람처럼 구는 일이 벌어지기도 한다. 그렇게 되도록 부추기는 목소리는 여전히 곳곳에서 들려온다. 이를테면 가믈란은 〈빌라 다르마〉의 201호와 301호가 한 남자를 두고 다툼을 벌이도록 만들라는 속삭임을 들었을 것이다. 작품에 긴장과 몰입을 더하는 갈등을 만드는 가장 손쉬운 해결책이라면서.

하지만 그럴 리가. 수행평가를 위한 직업 인터뷰를 진행하는

일에도 혼자보다는 둘이 낫고, 한 편의 웹툰을 만드는 일에도
여럿이 짐을 나누어 들어야 하건만. 같은 업계 종사자들의 노동
환경 개선을 위해서는 더 많은 사람이 합심해야 하건만. 201호
와 301호가 반목하는 게 간단한 해결책이 될 리가. 설마, 그런
식으로 지구를 구할 수 있을 리가.

어떤, 봄
은모든

급식왕

+

정 은

정 은

대학에서 컴퓨터공학과 영화를 배웠고, 현재는 대학원에서 서사창작을 공부하고 있다. 『산책을 듣는 시간』으로 2018년 사계절문학상을 수상했다. 에세이 『커피와 담배』를 썼다.

야간 자율학습이 끝나는 종이 울리면 제일 먼저 학교 밖으로 달려 나온다. 아무도 없는 컴컴한 운동장을 가로질러 뛰어갈 때 기분이 끝내주게 좋기 때문이다. 여름보단 겨울이 더 좋다. 차가운 공기가 얼굴에 달라붙고, 나는 공기를 가르듯이 달려 나간다. 등 뒤로 가방이 덜거덕거리고 교문에 닿기도 전에 벌써 숨이 차오르지만 신선한 공기가 몸속에 들어와서 풍선처럼 팽팽해지면 날 수도 있을 것 같다.

　하루 종일 공기 빠진 풍선처럼 축 늘어져 있었지.

　검기만 한 하늘에 때때로 오리온자리가 보인다. 내가 유일하게 알아보는 별자리다. 별 세 개가 나란히 있어서 알아보기 쉽다. 오리온자리 삼태성인데, 그 별 세 개는 인섭이 거다. 왜냐면 인섭이가 먼저 그 별들이 자기 거라고 주장했으니까.

삼태성을 중간에 두고 그 위아래로 밝은 별이 각각 하나씩 있는데 그중 위의 것을 내 별로 했다. 그 별의 이름은 베텔기우스다. 베텔기우스는 변광성이라 빛의 밝기가 변한다는 사실을 나중에 알게 되었다. 얼마 못 가서 폭발할 수도 있다는 얘기도.

베텔기우스가 내 것이라고 주장하는 게, 사실 아무 의미도 없다는 걸 안다. 그냥 베텔기우스가 보이면 안심이 된다. 나를 지켜 주고 있는 것 같아서. 보이지 않아도 안심이 된다. 오리온자리는 밝은 별이라 가끔씩 보이지만 안 보이는 날이 더 많다. 안 보여도 늘 거기 있다는 것, 그게 안심이 된다.

인섭이랑 말하지 않은 지는 한 달쯤 되었다. 아니 인섭이뿐만 아니라 그 누구와도 말을 하지 않고 있다. 말을 하려고 해도 마땅한 단어가 머릿속에서 바로 떠오르지 않는다. 누군가가 숙제해 왔냐며 말을 걸면 그래 했어, 아니 못 했어, 대답하면 되는데 그 말이 바로 떠오르지 않는다. 뇌에 버퍼링이 걸린 것처럼.

로딩 중인 상태로 멈춘 것 같다. 내가 마땅한 대답을 떠올리려고 애쓰는 사이 자기를 무시한다고 생각하고 다들 그냥 가 버린다. 절대 그러려고 한 게 아닌데.

선생님한테도 마찬가지다. 어제 수학 시간에 선생님이 왜 숙제를 안 해 왔냐고 묻는데 말이 안 나와서 그냥 울었다. 한참을 울다가 그냥 교실을 나와서 벌 서는 사람처럼 복도에 서 있었다.

이런 상태로 영원히 살게 되는 건 아니겠지?

말이 나오지 않으니까 사람들을 점점 피하게 된다. 사람들이 나의 존재를 모른 척해 주길 바라게 된다.

내가 그림자가 되어 버렸으면. 투명인간이 되어 버렸으면.

복도를 걸어가면 내 주위로 먹구름이 감싸고 있는 것 같다. 차갑고 축축한 공기통 안에 내가 들어 있고, 내가 아니라 그 어두운 공기통이 걸어 다니는 기분이다.

인섭이는 내 눈치만 본다. 점심시간이 되면 인섭이는 내 앞에 앉아 점심을 먹는다. 매점에도 같이 간다. 복도 창문에 나란히 서서 이르게 뜬 달과, 달 옆에서 빛나는 별을 같이 본다.

금성인지 목성인지 모르겠지만. 유난히 밝은 걸 보면 인공위성일지도 몰라.

우린 그런 생각을 동시에 하지만 대화를 하지는 않는다. 내가 말을 안 하는데도 인섭이가 내 자리로 와서 함께 점심을 먹는다는 게 고맙다.

인섭이는 내가 이유 없이 화난 줄 알고 있겠지.

화가 난 게 아니라 그냥 내 몸이 내 마음대로 움직여지지 않는 거다. 말할 기운이 없어서. 나는 그저 이 시간이 흘러가기를 바란다. 내가 이 시간을 통과하길 바란다.

　갑자기 고기가 먹기 싫어진 것도 말을 잃어버린 즈음이다. 그 일주일 전 우리 집 고양이 두두를 뒷마당에 묻어 주었다. 두두는 열세 살이었다. 신장병이 있었다고 한다. 몰랐다. 고양이는 아프다는 말을 안 하니까.

　내가 학교에서 돌아와도 슬쩍 쳐다만 보고 신경도 안 쓰다가, 자려고 누우면 기다렸다는 듯이 다가와 내 목에 머리를 기대어 자던 고양이 두두. 그 머리가 어찌나 무겁던지. 숨이 막힐 것 같아서 머리를 치우려고 하면 도리어 내 얼굴에 밀착하던 두두. 아침에 내가 일어나지 않으면 발톱을 세워서 빗질하듯이 내 머리카락을 조심스럽게 쓸어 깨우던 두두. 위로가 필요한 순간마다 어떻게 알고 다가와 내 품에 안겼던 두두.

　갑자기 밥을 먹지 않아 병원에 데려갔더니 이미 손을 쓸 수가 없다고 했다. 집에 데리고 돌아온 다음 날 새벽, 두두는 굳어 있었다. 그날 두두는 나한테 몸을 기대어 잠들지 않았다. 두두는 책상 위에 엎드려 있었다. 내가 자는 모습이 보이는 위치에 그렇게.

　두두는 그날 잠든 내 모습을 보며 무슨 생각을 했을까?

　아침에 몸이 차갑게 굳은 두두를 발견했지만 시험 날이라 학교에 가야 했다. 집에 돌아왔을 때 엄마랑 아빠는 두두를 꽃과 함께 상자에 담아 놓았다. 우리는 함께 두두를 뒷마당에 묻었다. 나는 열일곱 살이고 두두는 열세 살이었다. 내 인생의 절반 이상을 함께했다. 나는 아주 조금 울었다. 눈물이 별로 나지 않았다.

눈물이 내 목구멍 어딘가를 막아 버린 걸까?

처음엔 말을 할 힘이 없어서 하지 않았다. 시간이 지나니까 말하는 법을 잊어버렸다. 그리고 고기를 도저히 삼킬 수 없었다. 내가 가장 좋아하는 음식은 치킨과 돈가스였는데 그것들을 삼킬 수 없었다. 왜 그런지 알 수가 없었다. 부모님은 나를 위해 고기 없이 채식만으로 밥상을 차려 주었지만 문제는 급식이었다.

우리 학교 급식은 정말 맛이 없다. 급식 맛없기로 소문이 나서 고등학교를 배정 받은 날 운 애도 있었다. 조리사 선생님이 바뀌었다는 소식을 듣고 기대하며 입학했지만 역시나 맛이 없었다. 그래서 다들 급식은 대충 먹고 매점으로 달려간다.

급식이 맛없어서 내가 고기를 못 먹게 된 건 아닐까?

오늘도 매점 줄이 아주 길다. 급식 대신 과자를 샀다. 인섭이랑 나눠 먹으며 말없이 복도 창으로 운동장을 바라보는 게 이제 일과가 되었다. 말을 잃어버린 내가 점점 사라지는 그림자처럼 되어가는 동안 인섭이는 내 빛을 모두 흡수한 듯 점점 밝아진다.

인섭이가 걸어가면 누군가 그 주변에 빛이 비추는 것 같다. 다들 표정이 환해져서 인섭이한테 말을 걸고 싶어 한다. 인섭이 주변으로 사람이 모인다. 인섭이는 재밌고, 유쾌하니까. 인섭이는 세상의 중심이고 나는 변두리다. 중1 때부터 단짝 친구였는데 계속해서 단짝이 되기는 힘들 거란 예감도 든다.

무엇을 더 잃어버리든 아무 상관 없다. 나는 정말 아무것도 생각하고 싶지 않다. 이러다가 숨 쉬는 법까지 잃어버린다고 해도.

학생회장 선거가 다가오자 학교 전체가 들썩였다. 인섭이도 후보 등록을 했다. 복도 창가에서 말없이 과자를 나눠 먹으며 운동장을 바라보고 있는데, 인섭이가 어느 때처럼 혼잣말하듯 내게 말을 걸었다.

"후보 공약을 정해야 하는데 뭘 해야 할지 모르겠어. 너는 우리 학교가 가장 개선해야 할 점이 뭐라고 생각해?"

나는 말을 하는 대신 수첩을 꺼내 적었다.

급식이 맛이 없다.

메모를 보고 인섭이가 말했다.

"천재네. 맞아. 그거야. 그리고 내가 생각해 봤는데, 아무래도 네가 말을 잃어버린 건, 밥을 제대로 못 먹어서야. 너 먹는 거 정말 좋아하잖아. 급식 먹으러 학교에 오는 거나 마찬가지인 네가 하나도 안 먹고 남길 정도면 정말 맛없는 게 맞아. 걱정 마. 내가 급식 바꿔 줄게. 맛있는 급식 먹게 해 줄게."

나는 시선은 운동장 저 멀리에 둔 채 고개를 살짝 끄덕였다. 내 메모는 그대로 인섭이의 선거 공약이 되었다.

"저를 학생회장으로 뽑아 주시면 맛있는 급식을 먹을 수 있게 만들겠습니다."

그 한마디가 가져온 파급력은 엄청났다. 투표할 것도 없었다. 인섭이가 걸어갈 때마다 모두 환호했다. 다들 급식 먹으러 학교에 오나 싶을 정도로 열광적인 지지를 보냈다. 저래 놓고 급식 문제를 해결 못 하면 어쩌려고 그러는지 나는 슬슬 걱정이 되기 시작했다.

학생회장 투표일이 한참 남았지만 인섭이는 급식 문제를 해결하기 위해 미리 움직이기 시작했다. 모두가 하루라도 빨리 맛있는 급식을 먹고 싶어 했기 때문이다. 인섭이는 이 문제를 함께 해결하자며 도움을 요청했고 나는 그러마, 하고 고개를 끄덕였다.

우리는 일단 설문지를 만들어서 돌렸다. 구체적으로 불만이 무엇인지, 어떤 식으로 바뀌었으면 좋겠는지를 물었다. 반마다 돌아다니며 설문지를 돌렸고 다시 수거했다. 수거된 설문지를 종합해서 표로 만드는 작업은 내가 했다.

이상한 냄새가 난다는 의견이 많았고, 양이 적다는 의견, 음식물 쓰레기로 음식을 만드는 것 같다는 의견, 자신이 좋아하는 메뉴를 쭉 적은 것도 있었다. 설문지 중에는 포스트잇이 붙어 있는 것도 있었다. 따로 할 얘기가 있으니 목요일 점심시간이 끝나기 10분 전 쓰레기장 옆에서 만나자고 적혀 있었다.

우리는 목요일 그 시간에 맞춰 함께 나갔다. 낯익은 3학년 선배가 서 있었다. 도준 선배였다. 선배 옆에서 길고양이들이 몸을 뒤집고 있었다. 우리가 다가가자 고양이들이 달아났다. 선배가 말했다.

"학교에 내가 밥 주는 고양이들이 있거든. 1학년 때부터 쭉 그래 왔어. 얘네 식품저장실 뒤에 사는데 새끼 고양이들이 뭘 잘못 먹었는지 자꾸 죽어. 몇 마리를 묻어 줬는지 몰라. 그리고 요즘 양호실에 가 보면, 배 아프다고 오는 애들이 너무 많아. 최근에 유독 많아진 것 같아."

"그것이 의미하는 바가 뭘까요?"

인섭이는 기자수첩을 손에 들고 탐정 같은 말투로 물었다.

"식품저장실을 한번 둘러보는 게 좋을 것 같아. 내가 보려고
했는데 늘 잠겨 있더라구. 네가 꼭 학생회장이 되어서 이 문제
를 해결하기 바라."

우리는 제보해 준 선배한테 감사 인사를 하고 바로 양호실로
갔다. 마침 약 타려고 줄 선 애들이 있었다. 우리도 줄을 섰다.
잠시 뒤 우리 차례가 되었다.

양호 선생님에게 최근에 배 아프다고 오는 학생이 많은지 물
었다. 양호 선생님은 지겹다는 듯이 대답했다.

"아픈 애들이야 늘 많지. 니들은 공부하기 싫으면 배가 아프
다고 하잖아."

인섭이가 침착하게 물었다.

"그래도 최근에 유독 많지 않았나요? 배 아파서 약 타 간 학
생들 수를 적어 놓은 장부가 있지 않나요? 몇 달간 장염 약을
타 간 학생들이 몇 명인지 궁금해요."

양호 선생님은 잠시 골몰하더니 장부에 적힌 숫자를 불러 주
었다. 내가 받아 적었다. 인섭이는 전 학기, 전전 학기의 자료도
요구했다. 선생님은 귀찮아 하면서도 자료를 그럭저럭 챙겨 주
었다.

생각했던 대로 최근 몇 달간 장염 발생률이 급격히 높아지고
있었다. 단순히 꾀병이라고 말할 수 있을 정도가 아니었다. 설

문지를 보면 단순히 맛없는 게 아니라 재료 신선도에 문제가 있는 것 같다는 의견이 있었는데, 확실히 장염 발생률과 연관이 있는 것 같았다.

우린 엑셀로 데이터를 반영한 표를 만들었다.

이제 재료의 유통기한을 확인해 보면 단서를 찾을 수 있을 것이다. 몇 번이나 식품저장실을 가 보았지만 문은 항상 잠겨 있었다. 문득 우리의 급식 재료가 어디에서 오며 누구에 의해 만들어지는지 궁금해졌다. 점심시간이 되면 완성된 급식이 나온다는 사실만 알지 그것이 어떤 과정을 거쳐서 오는지 단 한 번도 궁금해한 적이 없었다. '우리 급식이 맛이 없다'에서 '우리의 급식은 왜 맛이 없을까'로 생각이 넘어갔다. 변화의 시작이 의문을 제기하는 것부터라면, 그다음은 행동할 차례였다.

하지만 어떻게? 우리가 할 수 있는 일이 있을까?

일단 우리가 구체적으로 할 수 있는 일들의 목록을 적고 그것이 가능한지 따져 보았다.

① 당번을 정해서 우리가 직접 요리한다.

✔ NO! 더 맛없을 거야

② 신문에 제보한다.

✔ NO! 이런 사소한 문제에 관심을 두는 신문사가 있을까?

③ 교장선생님한테 가서 따진다.

✅ NO! 급식 맛없는 걸로 따지라고?

④ 엄마한테 이른다.

✅ NO! 우리가 초등학생도 아닌데.

⑤ 대자보를 쓴다.

✅ NO! 누구한테 문제제기를 해야 하는지도 모르잖아.

⑥ 식품저장실을 급습해서 재료의 위생 상태를 확인한다.

✅ NO! 열쇠가 없잖아.

⑦ 조리실로 가서 급식이 왜 맛없는지 묻는다.

✅ NO! 그건 만들어 준 사람에 대한 예의가 아니잖아.

내 생각에는 대자보를 쓰는 게 가장 합당해 보였지만 인섭이는 식품저장실을 급습하고 싶어 했다. 나는 수첩에 질문을 적어 물었다.

네가 학생회장이 되면 학생회 차원에서 식품저장실을 개방해 달라고 공식적으로 문제제기를 할 수 있지 않을까?

"아니, 나는 그때까지 기다릴 수 없어. 하루라도 빨리 맛있는 급식을 먹고 싶어."

인섭이의 표정은 비장했다. 나는 다시 수첩에 적었다.

그러면 조리실로 가서 급식 만드시는 분들을 만나 보자.

인섭이는 고개를 끄덕였다.

우리는 운동장 건너편에 있는 학생식당으로 향했다. 조리실 입구로 가기 위해 식당 건물을 끼고 오른쪽으로 돌았다. 예상하지 못했던 광경이 펼쳐져 있었다. 조리실 입구 앞에서 흰색 조리복에 큰 앞치마를 두르고 위생모를 쓴 남자 셋이 담배를 피우고 있었다. 하나같이 덩치가 컸고 까만 수염도 보였다. 조리복만 아니라면 조폭이라고 해도 믿을 만한 모습이었다. 당장 급식 맛에 대해 묻는다면 한 대 얻어맞을 게 분명했다.

인섭이도 나도 몸이 얼어붙은 것처럼 그 자리에서 발을 떼지 못했다. 그 순간 우리는 같은 생각을 했다. 나는 수첩을 꺼내 적었다.

그냥 가지 말까?

"응. 다른 방법을 찾자"
인섭이가 속삭였다.

너 겁먹었니?

"이게 그러니까…… 우리 둘만의 힘으로는 안 될 것 같아."

우리는 바로 몸을 돌려 후퇴를 택했다. 일단 이 문제를 널리 알리는 과정이 필요했다.

다음 날부터 인섭이는 바로 행동에 나섰다. 자기 등에 [우리에게 맛있는 급식을!]이라는 구호를 써서 붙이고 다녔다. 나도 동참했다. 학교 어딜 가나 웃음뿐 아니라 박수와 환호를 받았다. 당당하게 돌아다녔지만 혹시라도 조리실 사람들을 만날까 봐 솔직히 겁이 났다. 하지만 하나둘씩 인섭이를 따라하는 애들이 생겨났고, 유행이 되기까지 3일도 걸리지 않았다. 여럿이 함께했다. 그리고 덜 무서웠다.

연필보다 두꺼운 돈가스를!

내 영혼의 음식, 떡볶이를 급식에서 만나게 해 주세요!

카레국 말고 진짜 카레를!

여기가 군대냐?

먹어야 자란다!

선급식 후공부

급식은 내 영혼의 빛

다른 후보가 불법 선거운동이라며 따지기도 했지만 맛있는 급식을 위한 학생들의 거센 열망을 막을 수는 없었다.

등에 구호를 붙이고 다니는 학생들이 늘어나자 선생님들도 관심을 두기 시작했다. 급식 먹으러 학교에 오냐며 핀잔주는 선생님도 있었지만 대부분 우리의 맛없는 급식을 안타까워했다. 교사용 점심은 따로 제공되기 때문에 그때까지 급식이 맛없는 줄 몰랐다고 했다. 하지만 그 어떤 선생님도 우리의 맛있는 급식을 위해 나서지는 않았다. 다만 구호의 효과가 있었는지 교장선생님이 우리를 호출했다.

우리에게 교장실은 꽤히 두려운 곳이었다. 그곳은 학교를 빛냈거나, 반대로 사고 쳤을 때나 가는 곳인데 우리는 후자일 것 같았다. 교장실에 들어서 검은색 가죽 소파에 앉자 학년주임 선생님이 쿠키랑 오렌지주스를 놓고 나갔다. 긴장해서 손도 못 대고 있는데 교장선생님이 들어왔다.

"긴장하지 말고 이것 좀 먹어. 요즘 재밌는 일을 벌이고 있다는 게 너희들이구나."

교장선생님의 목소리에는 인자함과 따뜻함이 묻어 있었다.

"네, 다들 한마음이라 재밌게 일을 벌이고 있어요."

인섭이가 긴장을 감추고 넉살 좋게 대답했다.

"너희 반이 이번 모의고사에서 꼴찌 했다고 하던데."

갑자기 교장선생님의 공격이 시작되었다.

"이 일 때문은 아니고요. 저희 반은 늘 꼴찌였어요."

인섭이는 해맑게 대답했을 뿐인데 인자해 보였던 교장선생님의 얼굴이 딱딱하게 굳었다.

"우리 학교 급식의 조리는 위탁업체에서 맡고 있는데, 그 회사를 운영하는 사람이 이사장의 아들이야. 내 말뜻이 뭔지 알겠지? 더 알려고 하지 말고 학업에 집중하라는 뜻이야. 응?"

우리는 고개를 끄덕였다. 인섭이가 또 말대꾸를 하려고 해서 내가 손을 꽉 잡았다. 얼마간 주스를 마시며 어색한 침묵의 시간을 견디다가 나왔다. 교장실을 나오자마자 인섭이가 내 손을 뿌리치며 말했다.

"왜 말을 못 하게 막아? 네가 말할 것도 아니면서."

나는 인섭이의 얼굴을 물끄러미 바라보았다. 인섭이가 말을 이었다.

"우리 벌써 한 번 도망쳤어. 힘내서 다시 왔는데 여기서 또 도망칠 수는 없잖아."

"할 말 있으면 해 봐. 왜 말을 못 하니? 왜 말을 잃은 거야?"

인섭이는 몇 달 동안 묻지 않았던 질문을 갑자기 던졌다. 나는 갑자기 눈물이 나올 것 같았지만 참았다. 힘을 내어 할 말을 골랐다. 그동안 인섭이는 참을성 있게 기다렸다. 나는 한참 뒤에 입을 열었다.

"말이 안 나와. 말이 생각이 안 나."

나는 말을 처음 하는 사람처럼 아주 천천히 말했다. 말하는 게 힘겨웠다.

"너, 두두 죽은 다음부터 그러는 거잖아. 너무 슬퍼서 그런 거야. 네가 슬프다는 걸 몰라주니까 알아 달라고 말이 숨어 버린 거야."

갑자기 숨이 덜컥 내려앉는 것 같았다. 그렇게 말하는 인섭이는 화났다기보다 슬픈 것 같았다.

정말로 그런가? 내가 슬픈데, 슬픈 걸 인정하지 않아서 몸이 나한테 항의하는 걸까?

"그리고 지금도, 우리가 급식에 문제 있다고 해도 학교 재단하고 관련 있으니까 모른 척 넘어가라는 거잖아. 그걸 어떻게 모른 척해. 이미 알고 있는데. 나는 절대로 그만두지 않을 거야."

쉬는 시간을 끝내는 종이 울렸고, 우리는 교실로 들어갔다. 그리고 남은 하루 동안 나도 인섭이도 말을 하지 않았다. 수업이 끝나고 말없이 나란히 운동장을 가로질러 교문 밖으로 나갔다.

집에 도착해서 두두가 마지막으로 앉았던 책상을 한참 동안 바라보았다. 가끔 잊을 때도 있지만 그 빈자리는 언제나 무겁게 나를 따라다닌다. 즐거울 때마다 미안해진다. 두두는 이제 즐거울 수도 없는데 나 혼자서만 즐거워도 되나 싶어서.

두두는 이제 세상에 없는데, 나는 신선한 고기를 급식으로 먹겠다며 일을 벌이고 있어.

두두가 없어 슬프기보단 그저 두두에게 미안했다. 오직 미안함뿐이다. 더 사랑해 주지 못해서.

인섭이 말대로 나는 너무 슬픈 걸까? 내가 슬프다는 사실을 인정하지 않아서 내 말이 숨어 버린 걸까?

갑자기 눈물이 흘러 그 자리에 서서 한참 동안 울었다. 엄마가 문을 가만히 열고 들어와 울고 있는 나를 안고 내 머리를 감쌌다. 두두가 세상에 있었다는 사실을 알고 있는 사람이 또 있어서 다행이었다.

우리가 기억하지 않으면 두두는 이제 정말로 세상에 없어. 두두는 세상에 없고 나는 있으니까 내가 두두 몫까지 살아야 해. 아주 열심히 잘 살아야 해.

다음 날도 인섭이와 나는 말을 하지 않았다. 어떻게 말을 다시 시작해야 할지 몰랐다. 점심시간 종이 치자마자 도준 선배가 우리 반에 찾아왔다. 급히 가볼 곳이 있다고 했다. 도준 선배를 따라간 곳은 식품저장실이었다. 그런데 문이 열려 있었다.

"고양이가 평소보다 크게 울면서 어딜 가길래 따라갔더니 여기 문이 열려 있더라고. 이 안에 고양이들이 다니는 통로가 있나 봐. 안에서 새끼를 낳았어. 근데 여기 식품저장실이라기보다는 창고 같아. 먼지가 너무 많이 쌓여 있잖아."

도준 선배가 말했다. 선배 말대로 오랫동안 아무도 손대지 않은 것 같았다. 냉장고 전원도 꺼져 있었다. 식재료 몇 개가 뜯긴 채 흩어져 있었다. 우리는 고양이들이 혹시라도 먹지 못하게 널브러져 있는 식재료들을 쓰레기통에 버리고 밖으로 나왔다.

밖에는 언제 왔는지 트럭 두 대가 서 있었다. 기사님들이 트럭에서 물건을 내렸다가 그대로 다른 트럭에 옮겨 싣고 있었다. 가까이 다가가 보니 식재료들이었다. 인섭이가 물건을 옮기고 있는 기사님에게 물었다.

"기사님, 왜 여기에 들여놓지 않고 그대로 다시 가져가시나요?"

"글쎄다. 하던 대로 하는 거라."

"전부 다 가져가시는 건가요?"

"조금은 남겨서 조리실로 가져갈 거야."

"그럼 저희가 도와드릴게요. 조리실로 가져갈 건 저희 주세요. 어차피 그쪽으로 갈 계획이었거든요."

기사님들은 고맙다며 조리실로 갈 박스들을 옆에 내려놓았다. 우리는 그걸 들고 조리실로 향했다. 씩씩하게 걸었지만 조리실이 가까워질수록 우리 걸음은 점점 느려졌다. 솔직히 겁이 났다.

그들에게 우리는 무슨 얘기를 해야 하는 걸까? 재단에서 고용한 진짜 조폭이면 어쩌지? 그 사람들 앞에서 급식이 맛없다는 얘길 어떻게 하지?

인섭이도 나와 비슷한 생각을 하고 있었다.

"그 사람들 팔뚝 봤지? 우리 같은 애들은 30초면 땅에 묻어버릴 수 있을 거야."

나는 맞장구를 치고 싶었지만 양손에 든 식재료 상자 때문에 고개 끄덕이는 것밖에 할 수 없었다.

"그냥 이것만 갖다 드리고 그냥 나올까?"

나는 고개를 저었다.

"알았어. 용기를 내 보자. 그래도 함께니까 덜 무섭네. 맞아도 같이 맞고, 죽어도 같이 죽지, 뭐!"

조리실은 아주 바빴고, 빈 그릇들이 산더미처럼 쌓여 있었다. 조리사 한 명이 모든 일을 도맡아 하는 것 같았다. 우리는 팔을 걷어붙이고 설거지를 도왔다. 일손이 부족해서인지 조리사는 우리를 힐끔 쳐다보고는 아무런 말도 하지 않았다. 일단 눈앞에 쌓인 설거짓거리를 없애는 게 중요해 보였다.

설거짓거리가 어느 정도 줄어들자 인섭이가 이마의 땀을 훔치면서 넉살 좋게 인사를 건넸다.

"어떻게 이 많은 일을 혼자 다 하시는 건가요?"

"엊그제 회사에서 인원을 감축한데다, 오늘 한 명이 아파서 못 나왔거든. 아르바이트 이모님들은 점심 배식까지만 하고 퇴근하시니까 오늘은 보다시피……."

의외로 너무 다정하고 따뜻한 목소리였다. 조폭 같은 겉모습에 바짝 쫄아 있었는데 순식간에 두려움이 눈 녹듯 사라졌다. 우리는 누가 먼저랄 것도 없이 눈을 맞추고 동시에 고개를 끄덕였다.

인섭이가 대화를 이어 나갔다.

"저희가 식재료를 가져왔는데, 보니까 거의 대부분을 다시 가져가던데 왜 그런지 아세요?"

조리사는 갑자기 하던 일을 멈추고 우리를 한참 쳐다보더니 입을 열었다.

"급식 맛없다면서 조사하고 다닌다는 애들이 혹시 너희들이니?"

"열심히 만들어 주셨는데 맛없다고 해서 죄송해요. 그런데 문제가 있는 건 사실이잖아요. 저희는 진실을 알고 싶어요."

그러자 조리사가 말없이 뒤돌아 남은 설거지를 계속하기 시작했다. 포근했던 분위기가 갑자기 쌀쌀해진 것 같았다. 괜히 눈치가 보였다. 우린 아무 말 없이 계속 일을 도우면서 다시 기회를 엿봤지만 조리사의 입은 좀처럼 열리지 않았다. 한껏 충전된 힘이 다시 빠져나가는 기분이었다.

앞치마를 두르긴 했지만 설거지하면서 튄 물이 교복을 다 적셔 놓았다. 쉴 새 없이 몸을 움직여서인지 땀도 잔뜩 났다. 때마침 점심시간의 끝을 알리는 종이 울렸다. 앞치마를 벗어 제자리에 놓고 조리실 문을 열면서 인사했지만, 조리사는 우릴 쳐다보지도 않은 채 고개만 끄덕였다.

"잠깐! 애들아."

조리실 밖으로 나와 몇 발자국을 옮겼을 때 조리사의 다급한 목소리가 들렸다. 뒤돌아보니 다시 들어와 보라는 조리사의 손짓이 보였다. 우리는 다시 조리실로 들어갔다.

조리사가 위생모를 벗고, 앞치마도 벗어던지면서 말하기 시작했다.

"일이 너무 힘들어서 오늘 그만두려고 했어. 하아, 나도 모르겠다. 그동안 양심이 찔렸거든. 맛있는 거 먹어 보고 싶다는 애들 소원 들어 주지는 못할망정 속이고 있었으니까. 여기 급식업체는 분명히 문제가 많아. 너희는 급식비를 많이 내고 있을 거야. 법적으로 그 급식비의 65% 이상을 재료비로 쓰도록 정해져 있어. 실제 구매 내역을 서류로 증빙해야 하니까 정상적으로 재료를 구매하지만 그게 중간에 사라진단 말이지. 여기까지 온전히 도착하는 건 일부분이야. 유통기한이 훨씬 지난 재료도 많고. 그걸로 형편없는 음식 내보내는 게 너무 괴로웠어. 한참 먹고 자라야 할 나이인데……. 여기서 빼돌린 재료들 때문에 그 대가를 너희들이 치르고 있던 거야."

인섭이는 지금 얘기를 녹음해도 되는지 물었고 조리사는 기꺼이 수락했다. 그걸로 그동안의 미안하고 괴로웠던 마음을 덜고 싶다고 했다.

우리 때문에 일을 그만두게 된 것 같아서 마음이 영 불편했다.

"내가 여기서 계속 일하면 나쁜 영향을 미치는 일에 내 시간과 노동을 쓰는 거잖아. 너희들은 못 먹고, 아프고, 누군가는 불법으로 돈을 벌고. 이왕이면 좋은 영향을 미치는 일에 내 시간과 노동을 쓰고 싶어. 나는 너희를 돕고 싶어. 이건 내 결정이야. 그리고 이전에도 취재하러 온 친구가 한 명 있었어. 그 친구는 학교 재단 비리를 전반적으로 조사 중인 것 같더라고. 한번 만나 봐. 이름이 영환인가 그랬어."

조리사의 입에서 영환이의 이름이 나오자 인섭이가 멈칫했다. 우리 셋은 중학교 때까지 삼총사처럼 친하게 지냈었다. 고등학교도 같이 올라왔는데, 어느 순간부터 무슨 이유에서인지 영환이만 멀어졌다. 가끔 학교에서 마주치면 어색하게 인사하지만 굳이 서로 만나려고 하지는 않았다. 하지만 이 순간 영환이의 도움이 필요해 보였다.

우리는 조리실 밖으로 나와 교실로 갔다. 수업이 끝나고 쉬는 시간이 되자마자 바로 영환이를 찾아갔다.

조리사를 만나고 왔다고 하자 영환이는 기뻐했다. 영환이는 우리에게 그동안 모은 자료를 주섬주섬 꺼내 보여 줬다. 영환이는 학교 재단의 온갖 비리에 대해 조사하고 다녔다면서, 급식업체뿐만 아니라 우리 학교의 위탁업체들은 모두 이사장의 친인척 소유라고 말했다.

"이런 걸 왜 혼자만 알고 있었어? 아니, 왜 혼자서 조사하고 다녔어?"

인섭이가 물었다.

"예전에 내가 〈그것이 알고 싶다〉 PD 되고 싶다고 말했던 거 기억하지? 다큐멘터리 전공하고 싶어서 수시 준비하고 있거든. 과외 쌤이랑 포트폴리오 만들기 시작했는데, 학교 비리를 주제로 잡았어. 처음엔 그냥 영상 좀 찍어서 있어 보이게 편집하면 될 줄 알았는데 조사하다 보니 파도 파도 끝이 안 나는 거야. 쌤도 당황하셨는지 중간에 그만두는 게 좋겠다고 말렸거든. 근데 난 도저히 그만둘 수가 없겠더라고. 결국 쌤은 관두시고 그때부터 나 혼자 하고 있어."

"네가 바빠지면서 우리랑 멀어진 것도 그럼 그때부터인 거
네."

"이걸 너희한테 어디까지 어떻게 알려야 할지 모르겠더라고.
괜히 너희한테까지 피해가 갈까 봐. 아니나 다를까 며칠 전에
교장실에 불려갔다 왔어. 이 문제가 크게 알려지면 교장선생님
도 난처해지신다더라. 학교 이미지도 나빠지고. 학교가 뒤숭숭
해지면 애들도 공부에 집중 못 할 거고, 원하는 대학에 못 가는
애들도 생길 텐데 정말 그걸 원하느냐고. 나만 조용히 하면 된
다고 하셨거든."

영환이가 말했다.

"문제가 있다는 걸 아는데 어떻게 조용히 있어?"

인섭이가 말했다.

"내게만 문제가 생기는 거라면, 나는 괜찮아. 감당할 수 있어.
그런데 나 때문에 다른 사람들까지 피해 보면 안 되는 거잖아.
진실이 알려져서 피해 보는 사람들이 내 친구들이라면, 우리 부
모님이라면, 선생님들이라면? 진실을 밝히는 게 소용 있을까?
모두를 위해 잠자코 덮는 게 낫지 않을까?"

"그게 너의 결론이야?"

"음…… 아니. 교장선생님하고 부모님, 그리고 담임선생님과

도 얘기했어. 어른들과 충분히 상의해서 내린 결론이야."

"그러니까 네 결론이 아니란 얘기네. 어른들의 결론이지."

"문제가 있어도 지금까지 잘 살아왔잖아. 아무런 불편 없이. 문제는 급식이 맛없다는 거, 그거 하나뿐이잖아. 맛있는 급식 먹는 게 우리 학교 이미지 떨어지는 것보다 중요해? 다들 원하는 대학 못 가는 것보다 중요해?"

"응. 중요해. 나는 맛있는 급식 먹으러 학교에 오거든."

그렇게 말하는 인섭이를 영환이는 어이없다는 듯이 바라보았다.

그때 쉬는 시간이 끝나는 종이 울렸다. 인섭이는 영환이를 붙잡고 말했다.

"그럼 모아 놓은 자료라도 줘 봐."

"대신 나는 빼 줘."

영환이는 자료를 떠넘기듯 우리에게 주고 손을 탁탁 털었다. 이제 자신은 여기에서 빼 달라는 제스처였다. 영환이의 부모님이 학부모 대표였던 게 생각났다. 입장이 난처해질 수도 있었다. 그렇더라도 영환이의 태도는 날 실망시켰다.

자식, 시작을 했으면 끝을 봐야지.

수업이 시작되었지만 집중할 수 없었다.

앞으로 어떻게 행동해야 할까? 무엇이 더 중요할까? 만약에

이 문제를 전체 투표에 부친다면 다들 무엇을 원할까? 진실이 알려지고 학교가 난장판이 되는 것? 시끄러운 일이 생기지 않도록 그냥 지금처럼 조용히 지나가는 것? 무엇이 더 중요할까? 진실이 알려지길 원치 않는 사람이 많으면 어쩌지?

솔직히 나도 우리 학교를 검색했을 때 '재단 비리'가 함께 뜨는 건 상상하기 싫다. 오랜 후에도 내가 나온 학교가 자랑스러웠으면 좋겠다.

그때 옆에서 쪽지가 하나 건너왔다. 인섭이가 보낸 거였다. 이렇게 적혀 있었다.

진실이란 건 언젠가는 밝혀지게 되어 있어. 그렇다면 그걸 왜 미루지?

고개를 들자 인섭이가 날 보고 있었다. 나는 알겠다는 표시로 엄지와 검지를 동그랗게 만들어 오케이 사인을 보냈다. 우리는 함께 싸울 것이다.

집에 가서 영환이가 모은 자료를 바탕으로 학생들한테 나눠줄 전단지를 만들었다. 밤을 꼬박 샜다. 피곤했지만 뿌듯했다. 다들 진실을 알고 있어야 했다.

다음 날 학교에서 내가 만든 전단지 시안을 인섭이한테 보여 주고 고칠 점을 얘기했다. 나는 어느새 자연스럽게 말을 하고 있었다. 그때 누가 내 시안을 집어 들었다. 영환이였다.

"이게 뭐야. 디자인도 구리고, 폰트도 엉망이고, 가독성도 별로인 듯?"

나는 영환이에게서 시안을 빼앗고는 인섭이와 하던 얘기를 계속했다. 우린 이대로 복사해서 하굣길에 나눠주기로 했다. 나의 거친 모습에 당황했는지 영환이는 말없이 한참을 서 있다가 사라졌다.

야간 자율학습이 끝나자마자 복사한 전단지 더미를 들고 제일 먼저 달려 나갔다. 교문에 먼저 도착해 있어야 하니까.

아무도 없는 컴컴한 운동장을 가로질러 뛰어갈 때 기분이 끝내주게 좋았다. 공기를 가르듯이 달려 나가는 거, 등 뒤로 가방이 덜거덕거리는 거, 신선한 공기가 몸속에 들어오는 거, 밤하늘에 우리의 별이 다 떠 있는 거, 모든 게 좋았다. 혼자가 아니라 친구와 함께 달리고 있다는 사실도.

누군가 헉헉, 소리를 내며 따라 달려오고 있었다. 영환이였다.

"나도 할래! 나눠주는 거."

내가 소리쳤다.

"진짜 못 만들었다며."

영환이가 소리쳤다.

"그러니까, 아무도 안 받아 갈까 봐. 나눠주는 사람이라도 잘 생겨야지."

인섭이와 나는 동시에 멈춰 서서 벙 찐 표정으로 영환이 쪽을 돌아봤다.

"하아, 내가 잘생긴 게 놀라운 거야? 내가 온 게 놀라운 거야?"

"둘 다. 왜 갑자기 생각을 바꿨어?"

인섭이가 물었다.

"부모님 때문이었어. 학교 일에 더 이상 관여하지 말라고 화를 내셨거든. 근데 난 후회하더라도 지금은 내 생각대로 살고 싶어."

"부모님이 옳고, 네가 틀릴 수도 있잖아."

인섭이가 영환이의 말에 의문을 제기했다.

"너희들도 그게 맞다고 생각하고 있잖아. 난 너희 믿어, 나 자신을 믿고. 그래서 함께 가고 싶어. 나중에 후회해도 함께 후회한다면 외롭지 않을 거야."

잠깐의 고요가 운동장을 휘감았다. 나는 인섭이를, 인섭이는 영환이를, 영환이는 다시 나를 차례로 바라보았다. 그냥 웃음이 났다. 인섭이가 오른팔을 뻗어 허공에 주먹을 쥐어 올렸다. 영환이도 똑같이 주먹을 쥐어 올렸다. 나도 그랬다. 우리 셋은 서로의 주먹을 허공 위에서 부드럽게 맞부딪혔다. 그리고 우리는 교문을 향해 마저 달려 나갔다.

우리는 전단지 내용을 신문사에 팩스로, 메일로, SNS로 보냈다. 학교는 난리가 났다. 지금까지 급식이 맛없었던 이유가 재단 비리 때문이었다는 사실을 모두가 알게 되었다. 그 사실은 모두를 흥분시켰다. 모두 한목소리를 냈다.

"그러면 이 문제만 해결되면 우리 맛있는 밥 먹는 거야?"

진실의 승리인지, 맛있는 밥의 승리인지 모르겠으나 어쨌든 모두의 관심을 끄는 데는 성공했다.

며칠 후 신문사에서도 취재를 나왔다. 재단에서 그런 방식으로 횡령한 금액이 꽤 크다는 얘기가 돌았다. 신문에 우리 학교 이름이 났고, 선생님들의 얼굴이 어두워졌다. 학부모들의 항의 전화가 빗발쳤다고 했다. 이 문제에 대해 적극적으로 항의하고 해결해 보려는 선생님들도 나타났다. 인섭이가 쏘아올린 작은 공 하나가 하늘에서 엄청 크게 터졌고, 그 별처럼 빛나는 과정을 우리는 함께 지켜볼 수 있었다.

우리가 이 문제를 해결할 수는 없을 것이다. 하지만 우리에겐 진실을 알릴 수 있는 힘이 있었다. 많은 친구들이 목소리를 내준 것이 고마웠다. 인섭이 말대로 진실이란 건 언젠가 밝혀지게 되어 있고, 모두가 그걸 더 원한다는 사실을 알게 되었다. 우리가 모른 척했다면 이 문제는 계속될 것이고, 후배들이 비리의 대가를 대신 치르게 될 테니까.

학교는 시끄러웠지만 많은 문제가 해결되기 시작했다. 작은 물결이 번져서 커다란 파도가 되는 것처럼.

다만 문제가 남았다. 급식업체가 영업금지 명령을 받는 바람에 당분간 도시락으로 급식을 대체해야 했다. 도시락은, 그러니까…… 역시나 맛이 없었다. 더 없었다.

급식업체를 새로 정하는 과정에 학생들도 참여하게 되었다. 세 개의 업체가 하루씩 시험 급식을 제공하고 학생들의 투표를 거친 뒤 의견을 반영해서 업체를 선정할 거라고 했다.

한 업체는 특출 나게 맛이 있었고, 다른 두 업체는 그저 그랬다. 그저 그런 업체 중 한 곳은 특이하게 주 1회 '고기 없는 날'을 만들어 채식 메뉴를 내겠다고 했다. 그 업체는 표를 가장 적게 받았다. 거기에 투표한 사람은 나와 몇몇의 채식주의자들뿐이었다.

나는 고기를 먹지 못하게 되고부터 점점 채식에 대해서 생각해 보게 되었다. 유튜브에서 채식 관련 영상을 찾아보다 공장식 축산업체의 문제점을 고발하는 영상을 본 적이 있다. 그 유튜버는 도축 과정에서 발생하는 탄소의 배출량을 제시하며,

육식을 줄이는 것이 환경을 위해서 우리가 할 수 있는 최선의 방법이라고 주장했다.

며칠 뒤 시험 급식 때 특출 나게 맛있었던 급식업체가 선정되었고 아이들은 드디어 맛있는 급식을 먹을 수 있게 되었다. 하지만 나는 여전히 급식의 대부분을 남겼다. 고기를 먹지 않는다는 걸 감추려고 했지만 뻔히 보였다.

"너 기억하지? 이거 처음에 네가 급식 맛있게 먹는 모습 보겠다고 내가 시작한 거. 이제 말은 찾았지만, 급식은 여전히 남기잖아. 도대체 왜 그런 걸까?"

인섭이가 물었다.

나는 마지못해 유튜브에서 본 채식 관련 영상들을 보여 줬다. 환경 변화 문제 관련 영상도 있었고, 동물들이 잔인하게 도축되는 장면이 담긴 영상들도 있었다. 인섭이의 표정이 점점 찌푸려지고 있었다. 나도 이걸 처음 봤을 때 구역질이 올라왔다. 영상이 끝나자 인섭이가 말했다.

"나는 이해가 안 가. 너 제일 좋아하는 게 돈가스랑 치킨이었잖아. 두두 죽은 건 나도 마음이 아파. 안타까워. 그렇다고 고기를 안 먹는 건 너무 극단적인 방식이 아닐까? 네가, 너무 슬프니까, 그래서 그런 게 아닐까? 네가 고기를 안 먹는다고 두두가 다시 살아나는 건 아니잖아."

"두두 때문이 아니라, 그냥 다른 사람이 되고 싶어졌어. 조금 더 나은 사람. 어제보다 오늘 조금 더 나은 사람."

"왜 하필 채식이야. 다른 방식으로 나은 사람이 될 수도 있잖아."

"당장 할 수 있고 매일 할 수 있는 거니까. 그리고 지금 이게 세상을 위해 내가 할 수 있는 가장 작은 일이라고 생각해"

인섭이는 한참 동안 곰곰이 생각하다가 말했다.

"나는 아직, 나의 치킨과 햄버거를 포기하지 못할 것 같아. 하지만 너를 위해서 내가 조금 양보는 할 수 있을 것 같아. 누구나 맛있는 음식을 먹고 싶어 하지. 그걸 반대할 사람은 없으니까. 우리는 쉽게 연대하고 변화를 일으켰어. 그리고 지금 또 다른 이유로 한 걸음 나아갈 수 있어. 하루 정도는 양보할 수 있어. 일주일에 하루는 고기 없는 날로 여기고 그날만큼은 네가 급식을 마음껏 먹을 수 있었으면 좋겠어. 그거라면 다 같이 노력해 보는 것도 괜찮다고 생각해."

학교 문제로 미뤄진 학생회장 선거는 일주일 앞으로 다가왔다. 인섭이는 일주일 중 하루를 '고기 없는 날'로 지정하자는 공약을 내걸었다.

그리고…… 학생회장 선거에서 떨어졌다.

인섭이는 이미 학교의 영웅이었고, 모두가 학생회장이 될 거라고 생각했지만 인섭이에게 표를 던진 사람은 서른일곱 명뿐이었다. 고기는 인섭이보다 훨씬 인기가 많았다.

하지만 인섭이는 포기하지 않았다. 일주일 중 하루 '고기 없는 날'을 만들자는 서명지를 돌려 한 명 한 명 직접 설득하기 시작했다. 나도 영환이도 도준 선배도 도왔다. 얘기를 듣고 흔쾌히 서명하는 애들도 있고, 격렬하게 반대하는 애들도 많았다. 무조건 반대하는 애들도 있었지만 자신들이 충분히 납득할 만한 설명을 원하는 애들이 더 많았다. 서로 다른 의견이 부딪치는 것은 결코 나쁜 게 아니다. 충분히 의견을 나누지 않고 결정하는 게 더 나쁘다.

"일주일에 하루를 고기 없는 날로 정하는 게 다수의 자유를 제한하는 건 아닐까? 고기 먹는 사람이 더 많은 건 사실이잖아."

"채식하는 사람은 옳고, 육식하는 사람은 미개하거나 어리석다는 인상을 줄 수 있을 것 같아. 그것 또한 차별 아닐까?"

"그런 세상을 만든 건 어른들인데 왜 우리가 고기를 줄여야 해?"

"이런다고 해서 과연 세상이 바뀔까?"

"채식은 개인적인 취향이잖아. 왜 그 책임을 다 같이 져야
해?"

아이들의 의견을 듣다 보면 모두가 옳은 것 같았다. 그럴 때
마다 무엇이 옳은지, 틀린지 헷갈려서 제대로 답하지 못할 때가
많았다. 이런 상황이 반복되면서 우리는 지쳐 갔다.

나는 차라리 인섭이가 그만두었으면 했다. 나 때문에 학생회
장 선거에 떨어진 것도 모자라 날마다 친구들을 설득하는 일에
온 힘을 다 쏟고 있었다. 정작 채식주의자도 아니면서.

다들 맛있는 급식을 먹게 되었으니까 그걸로 충분한 게 아닐
까? 거기서 그만두었어야 했던 게 아닐까?

인섭이를 따로 불러 이쯤에서 그만두면 좋겠다고 말했다. 하
지만 인섭이는 단호했다.

"아니, 나는 포기하지 않을 거야. 이건 우리 모두에게 아주 중
요한 일이야. 채식이 옳다, 나쁘다 차원의 문제가 아니야. 채식
을 위해서가 아니라 너를 위해서 하는 거야. 다 같이 채식을 하
자는 게 아니고, 채식을 하는 누구가의 온전한 한 끼를 위해서
다 같이 조금씩 양보해 줄 수 있는지 보겠다는 거야. 그리고 분

명히 말해 두는데, 나는 너와 달라. 나는 고기가 좋아."

마음이 조금 움찔했다. 인섭이에게 설득당한 것 같았다. 나도…… 포기하지 않기로 했다.

며칠 후 새 급식업체에 방문해서 우리의 의견을 전달하고 회사 차원의 공감을 얻어냈다. 새로운 조리사 선생님은 고기 대신 콩 단백 등을 이용해 채식 버거, 콩고기 돈가스처럼 최대한 학생들이 좋아하는 메뉴를 개발하겠다고 약속해 주었다. 채식 메뉴 시식 코너도 일주일간 운영해 보았다. 생각보다 반응이 나쁘지 않았다.

한 명 한 명 설득하고 공감을 얻다 보니 결국 일주일에 하루 정도는 채식으로만 점심을 먹어 보자는 의견을 꽤 많이 모을 수 있었다. 우리의 서명지를 모아 학교에 제출했다. 모두 우리의 힘으로 이끌어 냈다. '함께'라는 힘으로.

나는 환경 문제에 관심 있는 아이들과 함께 환경 동아리를 만들었다. 더 나은 환경을 만들기 위해 우리가 할 수 있는 일을 찾아 실천하기로 했다.

영환이는 '고기 없는 날'을 만들기 위한 우리의 노력을 영상에 담고 다큐멘터리로 완성했다.

인섭이는 여전히 고기를 좋아한다. 환경 동아리에 끌어들이려고 했지만 단칼에 거절당했다. 그래도 '고기 없는 날'에는 식판을 싹 비운다.

우린 각자의 온전한 삶을 살면서도 서로의 연대가 필요할 때
면 이유 없이 함께했다.

나는 두두의 몫까지 사는 거니까, 세상에 보탬이 되는 사람이
되고 싶다. 훌륭한 사람은 못 되어도 어제보다 더 나은 사람이
되겠다는 다짐은 지키고 싶다. 그리고 혼자 가는 것보다 함께
가면 항상 더 큰 힘과 용기가 생긴다.

나의 친구들이 그걸 깨닫게 해 주었다.

나도 그런 친구가 될 것이다.

손을 내밀 것이다.

다섯 번째, 앙상블을 응원하며

이 소설의 주인공처럼 저도 한 달간 말을 잃은 적이 있었습니다. 어느 날 갑자기 입을 열어 말할 힘도 없고, 할 말도 떠오르지 않았습니다. 그런 제게 왜 그러느냐 묻지 않고 그냥 옆에서 묵묵히 평소처럼 같이 매점에 가고, 같이 등교해 준 친구가 있었습니다. 말을 하지 않아도 함께 있을 수 있다는 걸 그때 알게 되었습니다. 그 친구에 대한 고마움을 떠올리며 이 소설을 쓰기 시작했습니다.

시작은 쉽게 했지만 완성하기까지는 오래 걸렸습니다. 말을 잃어버린 그때처럼 이번에는 글을 쓸 수가 없었습니다. 완벽하게 잘해야 한다는 부담감이 컸고 그것이 몇 달 동안 저를 짓누르고 있다는 걸 한참 뒤에 깨달았습니다. 제가 글을 쓰기 시작한 것은 즐거워서였는데 잘해야 한다는 압박 때문에 그 즐거움을 잊고 있었습니다.

글이 써지지 않고, 아무것도 읽을 수가 없고, 영화도 볼 수 없어서 할 수 있는 것이 없었습니다. 그래서 밖에 나가 달리기를 시작했습니다. 달릴 때마다 뛸 수 있는 거리가 늘었습니다. 그렇게 거리를 1킬로미터씩 늘리다 보니 어느 날 21킬로미터를 달려 하프 마라톤을 완주하게 되었습니다. 제가 두 시간 반 내내 달렸다는 사실을 스스로도 믿을 수 없었습니다.

고등학교 시절 체력장 때 고작 1킬로미터 넘는 오래달리기를 못해 울던 십 대의 제게 얘기해 주고 싶었습니다. 갑자기 달리려고 하니까 1킬로미터 달리는 게 어렵고 힘든 게 당연하다고. 잘하고 싶은 마음이 오히려 네 다리를 굳게 만드는 거라고. 가볍고 즐겁게 매일 조금씩 달리다 보면 생각보다 멀리 갈 수 있다는 걸 깨닫는 날이 올 거라고. 그걸 믿으라고. 그러면 너는 메달이나 응원해 주는 사람이 없어도 혼자 하프마라톤을 완주하는 사람이 되어 있을 거라고.

글도 마찬가지라는 걸 깨달았습니다. 1킬로미터씩 조금씩 거리를 늘려 달리다 보면 21킬로미터를 달릴 수 있게 되는 것처럼, 글이 안 써져도 한 단락이라도, 한 문장이라도 힘을 내어 매일매일 쓰다 보면 언젠가는 완성하게 된다는 걸 말입니다.

제가 말을 잃었을 때, 어떻게 다시 말을 하게 되었는지는 생각나지 않습니다. 아마도 걸음마 배우는 아기 대하듯 제가 말을 조금씩 꺼내도록 친구들이 도와주었을 겁니다. 제게 내민 그 손들이, 인내와 사랑이, 바로 연대겠지요. 이 자리를 빌려 그 친구들에게 고마움을 전하고 싶습니다.

다시, 봄
정 은

앙상블

초판 발행 2020년 04월 15일

초판 3쇄 2021년 08월 05일

저자 은모든·정명섭·정은·탁경은·하유지

발행인 이진곤

발행처 블랙홀

출판등록 제 25100-2015-000077호(2015년 10월 26일)

주소 경기도 파주시 문발로 405 제2출판단지 활자마을

전화 02-338-0092

팩스 02-338-0097

홈페이지 www.seentalk.co.kr

E-mail seentalk@naver.com

ISBN 979-11-88974-34-4 44800

979-11-956569-0-5 (세트)

이 도서의 국립중앙도서관 출판예정도서목록(CIP)은 서지정보유통지원시스템 홈페이지 (http://seoji.nl.go.kr)와 국가자료공동목록시스템(http://www.nl.go.kr/kolisnet)에서 이용하실 수 있습니다.(CIP제어번호: CIP2020013668)

블랙홀은 **씬톡**의 자매 회사입니다.